THE
STELLAR
PRINCESS
DESTINY

THE STELLAR
PRINCESS DESTINY
蓝色的蔷薇在左
红色的蔷薇在右
你的手落在我的肩膀
你的心依偎在我心旁
空气似乎弥漫出幸福的甜香
© SOL.Bianca Creation works

© SOL.Bianca Creation works
THE STELLAR
PRINCESS DESTINY
窗外蓝紫色的天空
灿烂的橙色晚霞
俏皮微笑嘟嘴的你
组成此刻最美的风景
望一眼，记一辈子

圣洛瑞戈公主奇缘

The Stellar Princess Destiny

松小果 著

CNS PUBLISHING & MEDIA 中南出版传媒
湖南少年儿童出版社
HUNAN JUVENILE & CHILDREN'S PUBLISHING HOUSE

图书在版编目（CIP）数据

圣洛瑞戈公主奇缘 / 松小果著. -- 长沙 ：湖南少年儿童出版社，2014.9
ISBN 978-7-5562-0399-4

Ⅰ. ①圣… Ⅱ. ①松… Ⅲ. ①长篇小说－中国－当代 Ⅳ. ①I247.5

中国版本图书馆CIP数据核字（2014）第166786号

PUBLISHING & MEDIA
中南出版传媒

责任编辑：钟小艳
品牌运营：Sean.L
特约编辑：李 黎 梁 甜
视觉监制：611
文字编辑：袁 卫
装帧设计：赖 婷
插画制作：索·比昂卡创作组
（宋 歌 飞翔舞）
文字校对：曾乐文

出 版 人：胡 坚
出版发行：湖南少年儿童出版社
地 址：湖南省长沙市晚报大道89号 邮 编：410016
电 话：0731-82196340（销售部） 82196313（总编室）
传 真：0731-82199308（销售部） 82196330（综合管理部）

经 销：新华书店
常年法律顾问：北京市长安律师事务所长沙分所 张晓军律师
印 刷：长沙银都印务有限公司
印 张：16 开 本：660 mm × 960 mm 1/16
版 次：2014年9月第1版 印 次：2014年9月第1次印刷
定 价：25.80元

目录

CONTENTS

目录

CONTENTS

楔子

PROLOGUE

“林晓琳！我感觉你的懒惰程度又升级了，居然可以一整天坐在电视机前，看完肥皂剧看娱乐新闻，看完娱乐新闻看社会新闻。你真的打算一直这样碌碌无为，空虚度日？妈妈太失望了！”

妈妈的声音像是可怕的咒语带着四溢的火星从厨房慢慢地飘进我的耳朵，我的脸瞬间变得比苦瓜还难看，可怜巴巴地捂住耳朵努力地想要逃避。

但是……

这样的办法似乎并不奏效。

“林晓琳！限你五分钟内收拾好你的卧室，否则……”妈妈突然挥舞着锅铲，气势汹汹地冲进客厅，丢下这句充满威胁性的话便扬长而去。

我心惊胆战地蜷缩在沙发角落里，苦恼地看着妈妈的背影。

天啊！难道我的人生就要永远在妈妈的唠叨中度过吗？

我气恼地起身，准备按照妈妈的指示去收拾卧室，可就在这时，一则新闻让我停住了脚步。

“欢迎收看今天的时事新闻。首先我们来关注一下地球彼端的圣洛瑞戈王国王位继承权问题。上月初，圣洛瑞戈国王路易•圣塞巴斯蒂安不幸病逝，而本应由圣洛瑞戈王国的第二王储亚伦•圣塞巴斯蒂安接任王位，但是王储亚伦本人坚决表示不会接受王位……下面有请记者转播一下现场情况……”

什么？世界上居然还有人拒绝继承王位？是哪个脑子不清醒的笨蛋啊！要知道，那可是王位啊！

我不由得瞪大眼睛盯着电视屏幕。

在看到被闪光灯和话筒包围的那个高大身影的瞬间，我的心不由得“怦怦怦”急速跳动起来。

哇，那个脑子不清醒的笨蛋，居然是一个超级大帅哥！

屏幕上的那个帅哥，身材挺拔，一袭庄重的黑色西装衬托得他更加出众。三百六十度无死角的俊美脸庞上，一双狭长又黑亮的眼眸里闪烁着碎金般的光芒，高挺的鼻梁下，两片薄薄的唇倔强地抿在一起，最耀眼的是那金黄色的头发，在温暖的灯光下闪烁着星星点点的光芒。当然，最特别的是他那种尊贵不可侵犯的气质，让我的视线牢牢黏在他的身上，无法移开。

“感谢大家对圣洛瑞戈王位继承权问题的关注。我在这里再次声明，圣洛瑞戈王位的第一顺位继承人应该是我的哥哥——罗格•圣塞巴斯蒂安！虽然他不幸在多年前就已经去世，但是他有一个女儿——也就是我们圣洛瑞戈王国唯一的公主殿下。而这位公主殿下才是圣洛瑞戈王国的第一继承人！”

俊美王储此话一出，立刻就引爆了现场的气氛。

“请问那位公主殿下现在在哪里？为什么这么多年圣洛瑞戈王国都没有透露

过这位公主的消息？”

“亚伦殿下，请问你能多透露一点儿有关公主殿下的消息吗？”

……

王储干脆地抢过了其中一名记者的话筒：“圣洛瑞戈王国第一顺位继承人林晓琳公主殿下将会很快出现在大家面前！其余的，恕我无法多言……”

“啊？公主殿下的名字是林晓琳？”

“为什么不是皇族姓氏……”

……

屏幕上，记者会现场一片混乱，而屏幕外的我瞬间呆住了。

林晓琳？

这不是我的名字吗？

刚刚我没有听错的话，那个超帅的王储说圣洛瑞戈王国的第一继承人的名字是林晓琳！

也就是说，这个世界上有一个和我同名同姓的女孩，人家是圣洛瑞戈王国高贵的公主，而我却是每天过着平凡生活的丑小鸭。

我懊恼地转过身望着窗外的天空，却突然看见一颗闪烁的流星飞快地滑过天际，似乎预示着有什么事情会发生改变。

“林晓琳！你居然还在看电视？想被我打屁股吗？”妈妈带着几分恼怒的声音把我拉回了现实。

唉！什么公主，什么王储，都跟我这个林晓琳没有丁点儿关系。我的生活主旋律永远是平凡的，不会有任何改变。

第一章 01

CHAPTER

丑小鸭就不能有公主梦？

1.

一轮皎洁的明月挂在夜空中，点点繁星光芒璀璨。

夜色朦胧中，一座辉煌的宫殿高高矗立，它像童话故事中的城堡一般有着尖尖的屋顶。尽管被漆黑的夜幕笼罩着，也看得出整座宫殿呈米兰色，高雅而不失华丽。

金碧辉煌的宫殿里，水晶吊灯的光芒明亮得有些耀目。宽敞的大厅里，全是穿着华丽礼服的少男少女，他们有着迷人的脸庞，穿着精致的服饰。

我穿着一件宝蓝色及膝抹胸礼服站在人群中。这样宏大的场面让我有些头晕目眩，脑子也有些反应不过来。

我完全想不起发生了什么事，只隐约记得好像是有个人找到了我，将我带回了宫殿，告诉我这里的一切包括整个国家都是属于我的。而我，林晓琳，从一个草根少女瞬间变成了高贵的公主！

我就这样被人强行带到了宫殿，拉去打扮了一番以后，便来到了这样一个宴会上。

正当我沉醉在优美的钢琴声中时，一只修长白皙的手忽然伸到我的面前，随之响起的是一句纯正的英语："My Princess,may I have a dance with you（我的公主，我能邀请你共舞一曲吗）？"

干吗，说什么洋文！

我一边暗暗吐槽，一边抬起了头，顿时愣住了——这不是学校出了名的大帅哥金恩宇吗？

他微卷的棕色头发有些凌乱，脸颊的轮廓非常美好，一双漂亮的眼睛充满阳光与活力，唇边带着迷人的笑意。再配上微微弓身的优雅动作，简直让人移不开视线。

好帅！天啊！

所有吐槽的话语都在我看到他的一瞬间变成了浮云，我就差扑上去尖叫着答应他的邀请了，可是……

不行！现在我已经不是普通人了，我是公主，我要淡定，要维护自己的高贵形象。于是我露出了优雅的笑容，把手轻轻搭在他伸过来的手上，昂首挺胸迎了上去，冲着他点了点头。

他顺势将我往他怀里一拉，另一只手搂住了我的腰，准备将我拉入舞池。

我好不容易回忆起舞蹈课的时候老师教的动作，小心翼翼地准备和他跳上一段，却忽然眼前一黑。

哦，天啊，本公主的宫殿里也会停电吗？

不不不，不对！停电了为什么没有听到其他人的尖叫声？

这时我才反应过来，自己似乎是被一个大麻袋装了进去，我不由得扯着嗓子大叫起来：“救命啊——”

我刚当了一天公主，还没过瘾呢，不要这样啊！

趁着麻袋口还没有被封住，我挣扎着想从袋子里逃出来，好不容易探出脑袋却立刻被一只有力的手按了回去。绝望中，我看见一张脸挡住了袋口，他戴着黑色面罩，正凝视着我。

我只看得到他那双深蓝色的眼眸，别的部位都被黑色的面罩遮住了。他只看了我一眼，便绝情地用绳子将麻袋口扎紧了。

下一瞬间，我的世界就只剩下了黑暗。我一个人无助地待在密闭的空间里，呼吸变得急促起来。

“放我出去！”我感觉整个人腾空了，大概是麻袋被人拎了起来，慌忙之中只能扯着嗓子大喊大叫，胡乱挣扎……

“啊——”

我猛然从床上坐了起来，环顾了一下四周。

窗帘没有完全拉上，街边路灯昏暗的灯光让屋子里的东西隐隐约约的，勉强能够看清。

乱丢的衣服、摊开在桌面上的书、没吃完的零食……

在认认真真确认了几遍这确实是我的卧室以后，我才稍稍松了一口气，发现自己竟然浑身都是冷汗。

原来刚才只是我在做梦呀。我就说嘛，我林晓琳这种丢进人群里就找不出来的人，怎么可能是公主。

我一边挖苦着自己的异想天开，一边重新倒了下去，把被子一拉蒙住头，便继续睡觉了。

夜还真漫长。

2.

星期一的早晨总是让人很不爽。

这是我在多次早饭都来不及吃，拿着一个面包在妈妈的咆哮声中往外跑的亲身经历中总结出来的。

当然，我也没来得及梳头发，只是随便抓了两下。

形象对我林晓琳这样的“女中豪杰”来说都是浮云啦！

跑出屋子我才松了一口气，踢了踢地上的石子，放慢了脚步——迟到不可怕，教导主任的训话随便敷衍一下就过去了。

我才走出小区就看见了不远处背着书包、拿着早餐朝我跑过来的死党尹美琪。

等她跑到面前，我拍了拍她的肩膀，和她一起慢悠悠地往学校走去。

我家离学校不远，路上的风景很不错，到处绿树成荫。

尹美琪兴奋地跟我说：“晓琳，学校门口新开了一家蛋糕店，昨天我和哥哥去尝了尝，味道很不错！”

“就是那家装修了半年的店？”

“是啊是啊！”她小鸡啄米似的点着头，她本来就是娃娃脸，做着这种动作时显得更加可爱了，“下午放学后我们一起去买蛋糕怎么样？昨天新开张，发了优惠券……”

一听到有优惠券，我立刻两眼放光，毫不犹豫地点头答应了：“就这么愉快地决定了！”

“你呀！”她听我答应得这么爽快，伸手推了我一把，然后不知怎的，又叹了一口气，可爱的脸上全是惆怅：“为什么人生就不能过得洒脱一点呢？如果有很多零花钱就好了，那样我就可以想买多少蛋糕就买多少蛋糕了！”

“别白日做梦了！”

我一巴掌拍在她的脑袋上。

没想到她却转过头嘟着嘴说道：“晓琳，昨天的新闻你看了吗，圣洛瑞戈王国正在寻找第一继承人呢，那位公主的名字好像和你一样呢！”

“当然看了。”

一想到昨天在电视上看到的新闻，我就忍不住沉浸在了幻想中，忍不住感叹了一句：“如果不是有字幕，我真以为自己听错了，堂堂一个公主居然和我这样的草根有着相同的名字，真不知道这算不算我的荣幸。如果我是那个公主就好了，那样就不用天天听妈妈的唠叨，可以想做什么就做什么了。”

“是啊是啊，而且有好多漂亮衣服穿。最关键的是……亚伦殿下超级帅！”美琪捧着脸，两眼冒红心，花痴地大喊大叫，“如果当上公主，就可以天天看到他了！”

不知不觉，我们已经走进了学校。

我瞅了美琪一眼："那个什么殿下，电视上也可以天天看到啊！"

"那能一样吗？"她没好气地给了我一个栗暴，痛得我直揉脑袋，"质感，你懂什么叫质感吗？只能看不能摸还不如干脆不要看。"

一说到摸，我忽然想起了昨天晚上的那个梦，于是凑近她，神秘兮兮地开口："偷偷告诉你，昨天晚上我还真的梦到自己变成公主了。而且……金恩宇……你知道他吧，梦里他还邀请我一起跳舞了！"

尹美琪一脸"我就知道"的表情，扬起坏坏的笑容，那眼神看得我浑身发麻。

我连忙打哈哈："梦都是相反的，不要在意。"

我的话音刚落，一个尖酸刻薄带着嘲讽的声音在身旁响了起来："林晓琳，你别口是心非了，明明很享受的样子还要装作不在意，恶心不恶心？"

用脚指头想，我也知道这人是李敏英。从上明辰学院开始，她就喜欢和我作对，我好不容易偷偷摸摸幻想一下跟校草跳舞，居然被她听到了，我一定是昨天没有做祷告，今天才会这么倒霉！

我铁青着脸转过头。

李敏英双手环在胸前，趾高气扬地看着我，眼神里全是不屑。她穿着一件浅色修身T恤，露出修长的胳膊，腰上系着一件长袖外套。微卷的棕色头发刚好及肩，那双咄咄逼人的眼睛让她整个人散发出一股戾气。

她嘲讽地扬起嘴角，伸出手戳着我蓬乱的头发，用无比嫌弃的语气说道："你看看你的头发，乱得像个鸡窝一样。还有，身上穿的衣服到底是男式还是女式的都不知道，松松垮垮的。再看看你这身材，要胸没胸要腰没腰的。就你这么一副邋遢样子，打扮得又土里土气的，还想当公主？简直是痴心妄想！”

我下意识地抓了抓头发。

挺干净的，昨天才洗过，还能闻到洗发水的香味呢！

我委屈地撇了撇嘴，不想理这个无理取闹的丫头，拉着美琪继续往前走。

“谁准你走了？”一个暴怒的声音从我身后传来。

然后，我感觉有人从我身后狠狠拽住了我的手腕，将我往后一拉。我脚下一个踉跄，倒退了几步都没能稳住重心，直直地朝后倒了下去。

完了，完了！

我吓得立刻闭上了眼睛，本以为一定会摔个四脚朝天，却没想到竟被人扶住了。

一双有力的手搂住了我的腰，将我小心翼翼地扶了起来。那双手仿佛有魔力一样，放在我腰上的时候让我整个人都镇定下来了。

我心惊胆战地缓缓睁开眼睛，一张满是紧张神色的英俊脸庞出现在我面前，他浓眉紧锁，绯红的嘴唇微微抿着，一双漂亮的眼睛凝视着我：“晓琳，你怎么样，没事吧？”

原来是尹佑赫。

我和尹美琪家住得很近，两人从小一起长大，从幼儿园、小学、中学，直到进入明辰学院一直在一起，虽然不是一个班，但这并不影响我们的友谊。我是独生女，而美琪有一个比她大两岁的亲哥哥——尹佑赫。

“哼！白痴运气就是好！”刚刚害得我差点摔倒的李敏英狠狠地瞪了我一

眼，连一句道歉的话都没说就趾高气扬地走了。

这个嚣张的丫头……

我气不打一处来，如果不是因为我现在还靠在佑赫哥怀里，我绝对要让她好看！

呃，不对，我怎么现在还恬不知耻地靠在佑赫哥怀里啊？

我这才反应过来，连忙从佑赫哥的怀里离开，有些尴尬地低下了头。

这时身边响起了尹美琪诧异的声音：“哥，你不是早就来学校了吗，怎么会出现在这里？”

“有事情要出去一趟。”佑赫哥顿了顿，这才说道。

我一抬头就看到美琪笑容诡异地盯着我，还冲我使了个眼色，话却是对尹佑赫说的：“原来是这样，好巧啊，哥——”

话尾上扬的颤音让我浑身起鸡皮疙瘩，我连忙用眼神威胁她：“臭丫头，要和你哥聊天回家聊，快迟到了！”

“知道了。”她捂着嘴笑道，“晓琳，你看我哥不辞辛劳拯救你于危难之中，你要不要报答我哥，当他的女朋友呢？”

“你胡说什么！”我瞪大了眼睛，面红耳赤地冲她吼了一声，拽着她的手，丢下还站在原地的尹佑赫，往教学楼跑去。

这玩笑开得真是太过分了！

我一边气喘吁吁地跑着，一边在心里埋怨着美琪。就因为她这句话，我都没敢谢谢佑赫哥，就直接跑开了。

3.

好不容易熬到下午放学，我快速收拾好书包就往教室外跑。

今天算是什么倒霉事都遇到了，倒霉到让我开始考虑以后早上出门是不是得看皇历。

我垂头丧气地走到校门口，想起今天早上和美琪约好了一起去蛋糕店，便站在校门口等她。

可左等右等不见她人影，我有些焦急了，拿出手机刚准备给她打电话，却收到了美琪发来的短信："晓琳，我突然肚子疼，就不去蛋糕店了。另外找了人陪你，他应该马上就到了。"

我疑惑地回复道："谁啊？"

还没等到回复，一个熟悉的身影映入我的眼帘——佑赫哥单手拎着书包从不远处朝我走来，脸上尽是笑，灿烂得胜似太阳："晓琳，你怎么在这里？我找了半天才找到。"

"嗯？"我疑惑地跟他打了个招呼，"佑赫哥好。"

佑赫哥微笑着解释："美琪说她肚子疼，临时决定让我陪你去蛋糕店。今天看上什么好吃的，随便选，我请客！"

"太好了！"一听到有人请客，我立刻开心地喊了一声，不过喊完瞬间又觉得这样实在太不矜持了，只好假惺惺地装出淑女的样子推托道："这样不太好吧？”

“有什么不好的。对了，晓琳，下个月有一场五月天的演唱会，你不是他们的歌迷吗？我这里刚好有两张朋友送的门票，还是内场的，到时候要不要一起去看？”

“啊？五月天的演唱会？内场门票……”我很兴奋，但又觉得就这样接受不太好，“呃……佑赫哥，门票很贵的，我不能要，你和美琪去吧……”

佑赫哥听到我拒绝似乎有点着急，连忙摆手解释：“没关系的！票本来就是朋友送的！而且美琪也不喜欢五月天……”

佑赫哥一提醒，我才想起，美琪虽然是我的死党，但是我们喜欢的很多东西都不同，我喜欢五月天，她却喜欢韩国男子天团。

看到佑赫哥这么诚恳，再加上我的确也对这场演唱会很心动，在佑赫哥的一再劝说下，我终于答应了。

反正是送的票，又不用额外花钱，不去也是浪费。

“那好吧！佑赫哥，谢谢你请我看演唱会，有机会我请你吃大餐。”

佑赫哥笑着摸了摸我的脑袋，伸手刚准备将我手里的书包接过去，街上忽然响起了一阵让人难以忽略的轰鸣声。

有人大声尖叫起来，吓得我往后一退，瞪大了眼睛往街上看去。

只见街上出现了诡异的一幕——

一辆帅气的黑色哈雷摩托车从街道尽头以极快的速度向我这边驶来，纯黑色的金属车身在阳光的照耀下反射出耀眼的光芒。摩托车手穿着一身黑色紧身衣，衣服极好地勾勒出了他结实修长的身材。因为他戴着头盔，我只能隐约看见一双眼眸，是蓝色的，灼灼逼人。

他驾车以极快的速度行驶着。

街上本来就十分拥挤，汽车都在缓缓前行着，突然被这么一个不速之客打乱了阵脚，汽车司机全都慌乱了起来，疯狂按起了喇叭。一时间，整条路上一片混乱，嘈杂得让人难以忍受。

“我们走吧？”佑赫哥的声音在身边响起。

我点点头，刚准备和他一起离开，没想到那辆哈雷摩托竟然猛地停在了我面前。

“嘎吱——”

急刹车的声音以及哈雷摩托迅猛速度带来的风吓得我后退两步，愣在了原地。

“喂，这位先生，你是怎么骑车的，你刚刚差点撞到她，知道吗？”

车手还戴着头盔，他没有理会佑赫哥的责问，而是跨坐在车上朝我凑近了一些。那双蓝色的眸子透过透明的面罩仔细地盯着我打量了一番，让我不自觉地起了一身鸡皮疙瘩。

半晌，他才缓缓地开口：“林晓琳？”

声音清晰悦耳，而且似乎有点熟悉，我好像在哪里听过这个声音似的。

“你是林晓琳，生日是1996年6月1日，对吗？”

“是。”因为那双蓝色的眸子过于迷人，我像被蛊惑了一样，完全没有去想他为什么会知道我的名字和生日，只是傻乎乎地点了点头。

我的话音刚落，他便伸出手将我猛地一拉。

我重心不稳，脚下踉跄着，却没有摔倒，而是被他稳稳地举起，然后放在了摩托车的后座上，身体紧紧贴着他的后背。

这突如其来的一幕让我完全没有反应过来。

这……这是怎么回事？绑架吗？

“你要干什么？放我下去！救命啊——”我的心里突然充满了恐惧，不由自主地大叫了起来。

“喂，你这个人……快放开晓琳……”一旁佑赫哥紧张的叫喊声跟我刺耳的尖叫声交织在一起。

我一边大喊一边想要从摩托车上下来。

可“哈雷骑士”似乎早就预料到我会有这样的举动，直接拿出一根长长的铁链将我和他绑在了一起。我就像一件货物似的，被他稳稳地固定在了摩托车后座上，而且姿势极其难看。

被这样绑着，凭我自己的力量根本无法下车，我只能将求助的目光投向一旁的佑赫哥。

“晓琳不要怕，我来救你！”佑赫哥似乎也被“哈雷骑士”拿出铁链绑我的举动吓到了，过了一会儿才反应过来，伸手就要来解我身上的铁链。

似乎早就预料到了会发生这样的事情，“哈雷骑士”侧过头挑衅地冲佑赫哥甩甩头，一踩油门，摩托车便扬长而去。十足的动力让我整个人往后仰去，我吓得赶紧伸手紧紧搂住了前面的人的腰，绝望地看着自己和佑赫哥的距离被拉得越来越远。

车子行驶得太快，耳畔只剩下了风声和我慌乱的心跳声。

这到底是什么情况？

五分钟前我明明还在和佑赫哥说说笑笑，五分钟后我居然坐在一个奇怪的家伙的摩托车后座上迎风流泪……

更奇怪的是，除了佑赫哥，其他人居然当作没看见，没有一个人对我这个可怜的花季少女伸出援手！

呜呜呜，难道绑架我的这个家伙是个史无前例的凶残罪犯，吓得大家都不敢伸张正义了吗？

不不不……老天爷，你不能这样对我！我林晓琳还这么年轻，还没有交过男朋友，家里还有一个唠叨却很爱我的妈妈在等着我回去，万一这次被绑去了非洲之类的地方，再也回不来了怎么办？呜呜呜，我妈妈一定会伤心难过死的！

我的脑海里浮现出一个又一个恐怖的画面，背景不是鸟不拉屎的大荒漠，就是人烟稀少的偏僻乡村。

想到这里，我整个人都抓狂了。

我伸出没被绑住的手用力地抓着“绑架犯”的衣服，一边摇晃一边用可怜巴巴的语气念叨着：“这位哥们儿……我也不知道你为什么看上了我，执意要绑架我，我可以很坦诚地告诉你——我家里没钱付你赎金，你绑架我真的没什么实际用处，所以你还是把我放回去吧……”

我的怀柔政策一点儿用都没有，对方没有给我任何回应，只有摩托车的轰鸣声弄得我脑袋都有些疼了。

“啊啊啊！”我放弃恳求，转而撕心裂肺地冲着他大喊大叫，完全不管形象了。

“喂，你这个浑蛋！快放我下去啊！你这样做是犯罪，知道吗？不想被关进监狱就立马停车放了我……我，我保证既往不咎……好好的人，干吗做这种违法的事情……”我用力地大吼大叫着，要不是摩托车的声音很大，恐怕整条街的人都能听见我可怖的叫声了。

我的大喊持续了大约两分钟后，对方终于有了回应。

车子在我的叫声中缓缓地停了下来，紧接着前面的人很不爽地转过脸，双手飞快地将铁链解开，然后抓住我的双肩，把我从后座上拽了起来，他往后挪了挪，坐在了后座上，然后把我当成沙包般横放在了摩托车的前座上。

此时不逃，更待何时。

我使出了吃奶的力气想挣脱，结果他双手一伸便把我压住了，用威胁的声音冷冷地说：“再大吵大闹我就把你扔下去！”蓝色的眸子里是一片彻骨的寒意。

被他这么盯着，我感觉自己全身的血液都快凝固了。

头一阵阵眩晕，以这种奇怪的视角看着他，感觉更加恐怖，我浑身上下都在发麻。我的身体忍不住颤抖起来，却又不敢再像刚才那样乱动，怕他一个不耐烦松手让我掉下去。

“哈雷骑士”见我停止了挣扎，又发动车子继续前进。

我再一次迎风流泪。

憋屈！

用这个词形容我现在的心情再合适不过了。

因为哈雷摩托速度过快，我不敢再挣扎，害怕一不小心真的掉下去摔成重伤。我努力维持着扭曲的姿势，抬起头，盯着上方的“绑架犯”。

我多么希望能掀起那顶头盔，看清楚这个绑架我的家伙到底是谁。听声音我能判断出他的年龄并不大，但是样貌……除了那双蓝眼睛，我完全看不到他长什么样子。

一般来说，有那么美丽的眼睛的人应该不会长得太丑。

但是鉴于这家伙是个冷血的“绑架犯”，我用最大的恶意揣度——他说不定长了香肠嘴、塌鼻梁、脸上还堆满麻子……

哼，这个丑陋的“绑架犯”，居然戴着那么高档的头盔在大街上横冲直撞，简直是胆大包天。

难道我真的要这样束手就擒吗？

不不不，我一定要自救。

我在他身上胡乱瞟着，想看看能不能找到一点儿有关他身份的线索。

忽然，我的目光落在了他胸前的一枚徽章上。徽章是纯金的，做工无比精致。徽章的主色调是红蓝两色，中央镶嵌着一颗钻石，十分耀眼。

我的目光一移，继而发现这辆摩托车的车身上也有个一模一样的标志。

这一定象征着一种身份或者权利。而且这个徽章让我感觉十分眼熟，却又记不起是在哪里见过了。到底是在哪里呢？而且这个“绑架犯”的声音，我之前也隐约有种熟悉感。

我陷入了无限迷茫之中。

第二章 02

CHAPTER 天上掉下来的公主桂冠

1.

“嘎吱——”

摩托车一个急刹车停了下来。

受到惯性作用力的我，身体往前一冲，然后因为铁链又朝后狠狠撞去。

“呜呜——”

我感觉自己的鼻子都被撞歪了。

可那个“绑架犯”视而不见，他利落地跳下摩托车，伸手将我拎了起来，像丢垃圾一样往旁边随意一丢。

我只感觉视野一阵旋转，脑袋眩晕，刚落地就忍不住趴在地上一阵干呕。呕到近乎虚脱我才抬起头，一眼便看到了他眼里嫌弃的神色。

我还没有从不适中缓过神来，又惶恐地发现自己正在上升。

“啊啊啊……”我吓得闭紧双眼，发出了惊恐的惨叫。

“鬼叫什么！只不过是升降梯而已！”绑架犯鄙夷地说道。

我这才委屈地闭上了嘴巴。

不知道过了多久，升降梯缓缓停了下来，刚好与一个平台对接。

我慌张地环视着周围。这是一个大厅，宽敞明亮。和一般大厅不一样的地方在于，这里天花板与地面的距离格外大，抬头便能看见上面让人眼花缭乱的水晶灯，每一盏小灯都呈莲花状，熠熠生辉。大厅中央放着一座展翅昂首的水晶天鹅雕塑。

能住在这样富丽堂皇的地方，他应该不是普通人吧，难道说不是要把我拐到非洲去，而是……

“你们家缺仆人缺到需要用绑架的方式了吗？”不知道哪里来的勇气，我站起来拍拍身上的灰尘，怒气冲冲地对着他吼道。

就在这时，我的身后响起了一阵脚步声。

我条件反射般地转身望去，只见一个端庄的中年女人正朝我走来。她径直走到我面前，停了下来。

在她身后一左一右，毕恭毕敬地站着两个侍女。

“贝伦夫人。”“绑架犯”喊道。

贝伦夫人微微弯腰回礼，然后目光重新落在了我的身上，上下打量了我一遍后，眉头一皱，慢条斯理地说出了不怎么友好的话：“她……似乎跟我想象的有点不同。这种低级的穿衣品位，这干燥枯黄的头发，还有粗糙的皮肤……哎呀，完全没有世家淑女的气质！刚刚她居然还朝殿下大吼大叫，实在是没礼貌！殿下，你确定没有找错人吗？”

“确定。”“绑架犯”的声音略显低沉。

若不是那个什么贝伦夫人一脸正经的表情，我真会怀疑世界上怎么会有人能够用如此平淡的语气说出这样让人憎恨的话来。

这人绑架我来就是为了让人从头到脚好好对我挑三拣四一番吗？

我不禁怒火冲天。

贝伦夫人却丝毫不在意我的怒气，自顾自地对站在我前面的“绑架犯”说：“殿下，如果她真的是那位，那么我们要趁着还没对外界公布这件事情，先好好改造一下她。”

我不是被绑架了吗？为什么要被改造啊……

等等，改造？

我的脑海里陡然闪过许多科幻片的情节，难不成这些人是坏蛋科学家的手下，看中我林晓琳青春健康的身体，要拿去做生化改造实验？

我立马忍不住了，双臂环胸，连连后退，尖叫起来：“你们这群坏蛋！我是绝对不会做你们的实验品的！”

“绑架犯”蓦地转过身，摘下了他的头盔：“你脑子进水了吧？拿你这种人做改造实验明显是浪费资源，血本无归。”

在看到他的脸的一瞬间，我陡然瞪大了眼睛。

没有人能懂此时此刻我心里的惊愕。

我伸出手颤抖地指着他：“你你你……你不是那个谁吗？”

2.

宝石一样漂亮的蓝色双眸，樱花般薄薄的嘴唇，傲然高昂的下巴，还有略长的棕色鬈发。

这不是昨天我在电视上看到的圣洛瑞戈王国的第二继承人亚伦吗？他为什么会出现在这里？难不成出来旅游吗？

呃！真正的继承人肯定每天政务缠身，怎么可能这么闲，还出来绑架无辜少女，这个人一定只是长得像亚伦殿下。

冒牌亚伦殿下只看了我一眼，就转身顺着旋转楼梯往楼上走去，留下一个修长潇洒的背影。

“哎呀，你还没告诉你到底是谁呢？干吗绑架我啊……”我冲着他的背影大喊道。

“贝伦夫人，麻烦你跟这个聒噪的丫头说明一下情况。这一路我都快被她烦死了……一百只鸭子都没她吵！”

那个冒牌亚伦殿下头也不回，冷冷地丢下了这么一句话，让我肺都快气炸了。

我气恼地瞪着他的背影，直到他消失在了我的视线里，我的心里还是燃烧着熊熊怒火。

而贝伦夫人已经徐徐开口，依旧是很慢的语速，却说出了一件对我而言犹如晴天霹雳的大事：“你好，我是亚伦殿下的行政管家。这次亚伦殿下带你回来，是为了向你确认你的身份。”

什么？确认我的身份？

“我哪有什么特殊身份。”

“电视新闻报道过的，您就是我们要寻找的林晓琳公主殿下。”

我立马想到了昨天的新闻，而且也猛然记起了自己在那个家伙的衣服和摩托车上看到的标志，那不正是圣洛瑞戈国王室的专用标志吗？

“哈哈哈，居然说我是公主……这么荒诞的谎言我会看不穿吗？别白费心思了，我不会上当的！”

这种事情一听就知道是编出来糊弄人的嘛！我林晓琳才没那么笨相信这种谎言呢！

“林晓琳小姐，这是事实！”贝伦夫人依旧维持着严肃的表情，她的语气里听不出一丝说谎的成分。

可是，这种事情对我来说也就是偶尔做做的美梦，我可从来不相信自己会是什么公主。

不过，这些人为什么要费尽心机给我编造这样的谎言呢？

难道……

我灵光一闪：“哈哈，我知道了，一定是美琪知道我做了那个梦以后偷偷给我报了什么整蛊节目对不对？摄影师呢，在哪里？快出来让我看看我是不是猜对了！”

我在房间里东张西望，想看看摄影师到底藏在哪个角落。

这时，一个高昂的声音传来，带着一丝嘲讽：“整蛊节目？别开玩笑了！我的时间可是很宝贵的，才没空陪你玩那种无聊的游戏。”

我抬起头，只见刚才还穿着黑色紧身装的亚伦已经换了一件深蓝色的休闲外套，头发整整齐齐地梳理好，看上去比刚才少了一分狂野，多了一丝静谧的帅气。

但是，外表的华丽丝毫不能掩盖他态度的恶劣。

他快速从楼上下来，将一个牛皮袋扔进了我怀里，双手抱在胸前不耐烦地说道：“你要是不信自己拿去看好了，这里面有调查报告、你与你父亲的DNA检测报告等东西。如果没有经过缜密的调查，王室会做出这么鲁莽的事情？”

我打开袋子，拿出厚厚的资料先随便看了两页，虽然我知道DNA检测报告现在也能造假，可是他们完全没有为我这么平凡的一个女孩造假的理由。

见贝伦夫人和那个亚伦都非常严肃地盯着我，我只好硬着头皮将那沓非常正规、盖满各种官方印章的文件仔细看完，然后默默地将资料重新放回了袋子里，递给一旁的侍女。

这是怎么回事？那些资料似乎看上去都是真的……

我感觉自己的脑袋都有些混沌了，下意识地抬头望向那个亚伦，结果发现他正好也在打量我，带着一种审视物品的眼神，看得我浑身起鸡皮疙瘩。

看了好半晌，他才伸手指着我的头发：“这鸡窝得剪。”

一旁的侍女一听，立刻在纸上用心地记了下来。

“衣服得换，裤子得换，还有脖子上戴的那个破烂玩意儿……是塑料的吧？”

“什么塑料的！这是……”“水钻”两个字还没说出口，就被我没底气地咽回了肚子里。

“你这袜子……”他低头瞅了一眼我印着米老鼠图案的袜子，“都多大的人了，能不能别那么幼稚，穿那种袜子？穿也就算了，还舍不得买正版，米老鼠的鼻子都印歪了，你看不出来吗？你知不知道袜子这样露出来是很没礼貌的？”

盗版的怎么了，山寨的怎么办，不穿正版会少一块肉，会死吗？我在心里大声反驳。

亚伦将我全身上下都挖苦嘲讽了一遍以后，目光又回到了我的脸上，最终嫌弃却又无可奈何地说道：“虽然说人靠衣装，可是这气质、谈吐要是不改，就算把你打扮得再漂亮，你一说话就全部露馅了，一切都白搭。算了，慢慢来吧，也不能强求你一下子全部改掉。不过以后你必须听我的指令，按照我的要求变成一个合格的公主，不然你这个样子连台面都上不了，要怎么去治理一个国家？”

“谁要治理国家了，谁要当什么公主了！”被无辜绑来，被告知了自己的惊人身份，又被这个讨厌的家伙从头到脚挑剔挖苦了一番，任谁都会爆发的，我气愤地说道，“我才不会相信你们的胡说八道！什么公主殿下，跟我林晓琳一点儿关系都没有！”

说完这句话，我看准大门的方向，以最快的速度跑过去。

一定不能回头！什么破公主、破王国，都见鬼去吧！我就是林晓琳，一个普通女孩而已，这些东西以前不曾存在于我的生命中，以后也不会！

我像一阵风一样跑了出去，这才发现我所在之地竟然是一座宏伟的古堡，而古堡外面是一个像森林一样的院子，繁密的树叶几乎将阳光都遮住了，只投下斑驳的影子。

我才跑了几步，就觉得不对劲了。这尽管不是森林，却和真正的森林一样能让人迷路。

我瞬间觉得有些头大。回去还是继续走呢？如果继续走，在这里困上几个小时都有可能，那完全有违我的初衷。

就在我迟疑的时候，身后忽然响起一个霸道又冷漠的声音："林晓琳，你再怎么否认也改变不了事实。乖乖给我回来！"

是亚伦！他已经紧跟着我出了大厅，来到了院子里。

我咬咬牙，不管会不会迷路了，在林子里横冲直撞起来，只想甩掉他。没想到我的运气还不错，不过十分钟的时间我就看到了大门。门是开着的，我像抓住救命稻草一样疯狂地跑了出去，跑出院子以后才松了一口气。

只是稍稍休息了一下，我便拦了辆出租车，上车报了地址，催促司机赶紧开车。

一切就像玩逃亡游戏一样，虽然没有那么惊险，却让我心跳骤然加快。在车上坐了好一会儿，我总算平静了下来，大口大口呼吸着。

3.

天色渐渐暗了下来，二十分钟后，车子总算在我住的小区外面停了下来。我付了钱下车后，才想起当时被亚伦那么急匆匆地带走，书包都没来得及拿。

也就是说，书包现在还在佑赫哥那里。

我犹豫了一下，还是放弃了拿书包的念头，朝家的方向走去。

街道两旁的路灯已经打开了，灯光昏黄无比，只能照亮很短的一段距离。我走在路上，心里有些忐忑。走到家门口的时候，我刚准备掏钥匙开门，面前紧闭着的门忽然打开了。

我一怔，一张熟悉的带着慌乱的脸出现在我的面前。

“阿姨，我先回去了。”

话音落下，佑赫哥看到了站在门口的我，他先是一愣，紧接着眼里的慌乱变成了欣喜。他激动得一把抱住了我，大喊道：“晓琳，你回来了？没事吧？那家伙没有对你做什么吧？我一直很担心你！”

“没事，佑赫哥，让你担心了。”我冲着他笑了笑，安抚他，见他不太相信，我还蹦跳着转了一个圈。

在确定我没有受到任何伤害以后，他才放松下来，摸了摸我的头，温柔地说道：“那你先进去吧，阿姨还在等着你呢，她知道你不见了也急坏了，我刚才安慰了她很久。我就先回去了，明天见。对了，你的书包我放在沙发上了。”

“嗯。”我点点头，与他擦肩而过进了家门。

他很体贴地伸手帮我将门关上，在听到“咔嗒”的关门声后，我才屏住呼吸小心翼翼地往里走。

妈妈正背对着我坐在客厅里，在听到我的脚步声后，她蓦地起身跑到我面前紧张地将我检查了一遍，才松了一口气，问：“你没有受伤吧？”

“没有。”我摇头。

否认的话丝毫没有降低她的恐慌，她把我拉到沙发上坐下，猛地将我搂进怀里，伸手轻柔地抚摸着我的头发，提心吊胆地问道：“他们把你绑架过去都对你做了些什么？你是怎么逃回来的？都发生什么事情了？宝贝，不要怕，告诉妈妈，有什么事情我们一起承担。”

“妈。”我轻轻地推开了她。

在她担心地询问我的时候，我真的很想岔开话题，可是我做不到，我想从她这里确认真相。

我望着脸上布满茫然和紧张的妈妈，在脑海里构思了很久应该如何去表达，好半天才艰难地开了口：“妈，你告诉我，我的身世到底是什么？我爸真是一个探险家吗？”

她的目光一漾，若非我一直盯着她看，很难发现这微小的变化。

“当然……是啊，怎么突然问起了这个？”她冲着我努力挤出一丝很勉强的笑容。

其实在她开口的那一瞬间，我就知道她这句话的意思了。

这些年来，我一直觉得我是一个平平凡凡的女孩，所以我从来不去好奇自己的身世，妈妈怎么说，我都相信。就算我一直觉得爸爸是个探险家确实是件匪夷所思的事情，可是这个世界上有什么是不可能的呢？

但是……直到今天，我才知道，在我记忆中一直是个伟大探险家、为了事业而牺牲的爸爸，真实身份竟然是王子，这样突然的变化让我无法适应。

“妈妈，你还准备欺骗我到什么时候？你知道今天绑走我的人是谁吗？是我昨天在电视上看到的圣洛瑞戈王国的第二继承人——亚伦。不仅如此，他还告诉我，我的真实身份是圣洛瑞戈王国的公主殿下，而我的父亲更不是什么探险家，而是那个国家的大王子。”

不吐不快，我将憋在心里的话全部说了出来。

妈妈犹豫了很久总算不打算再继续隐瞒下去，或许她也知道隐瞒不了了。她低垂着眼帘望着地面，喃喃道：“你的身世……”

忽然间，我竟觉得那个在我眼里一向强势的妈妈，此刻竟然像个做错事情的小孩一样。

“我不是故意瞒着你的，我一直以为我们会永远平静地生活下去。我也以为你爸爸主动离开王室以后，他们便不会再来干扰我们的生活。”妈妈发出一声低低的叹息，“那时候，我和你爸爸很相爱，觉得一切都不能阻止我们在一起。谁知道，最后竟然是命运的捉弄让我们天各一方。”

我望着面前的妈妈，头一次觉得这个什么都行的人，竟然也有如此沧桑的一天，仿佛一下子老了十岁。

“其实这也不能怪他们，亚伦不愿意继承王位，这谁也没想到。可能他们也没料到会发生这样的事情，也是抱着试试看的态度来找你的吧。或许，你坚持一下，坚持到亚伦改变主意，我们就可以自由了。”她默默地抬起头，以一种乞求的眼神看着我，“当初你爸爸就那么离开，确实也是一种对国家不负责任的行为。虽然我们走得洒脱，可是心里一直有愧疚。我们一家人欠圣洛瑞戈王国太多了。当初国王一定是决心要成全他，才让我们走得那么顺利。是他们的成全，让我们在一起，然后有了你……”

这是妈妈头一次用这种乞求的目光望着我，眸子里闪烁着晶莹的泪光，让我的心都要融化了。

我瞬间有些痛恨自己，为什么要在妈妈明明已经差不多从爸爸死亡的悲痛中脱离出来的时候，又重新揭开她的伤疤，让她重新回忆起那些凄凉的往事呢。

可这一切都是不能回避的。

如果亚伦没有绑走我，告诉我自己身世的秘密，我也不会追问妈妈有关爸爸的事情，也就不会让妈妈难过了。

虽然，我曾经幻想过自己是公主，可是当有一天，公主的桂冠真的从天而降，我却并没有自己想象中的那么开心。

我知道自己只是一个平凡的女孩，偶尔会梦想过上公主般的生活，但这并不意味着，我就要抛弃自己原来的身份和一切，只为了那个公主的身份。

况且，承担起治理一个国家的责任……我深深地知道，自己并没有那个能力。

“晓琳，虽然妈妈隐瞒了爸爸的身份，但妈妈也是希望你能像普通的女孩子一样过着轻松自由的生活。”

“妈妈，你不用说了，我知道的！”

我吸了吸鼻子，然后扑进了妈妈怀里。虽然妈妈平时很唠叨，但我知道她是真的很疼我，爸爸去世后都是她一个人撑起这个家。

“不管是公主还是别的什么，只要是妈妈你不愿意的事，我都不会去做。公主也没有什么了不起的，比起王子爸爸，我觉得探险家爸爸更符合我心目中爸爸的形象呢……”我努力安慰着妈妈。

“可是你爸爸那边的家人都找来了……晓琳，没办法啊……”妈妈的语气里充满担忧，她紧紧地抱着我，轻拍着我的背部。

家人？

我的脑海里不由得浮现出亚伦那张俊美冷酷的脸，还有他打量我的刻板嫌弃的目光，不知道为什么，一股酸涩的味道涌上了鼻尖。

“我才不承认那个人是我的家人呢……那个什么亚伦殿下超级冷酷刻薄……”

居然当面说我林晓琳上不了台面。哼，那个什么公主我才不会去当，圣洛瑞戈的烂摊子他就自己一个人去收拾吧！

我林晓琳就算再平凡，也是有自尊的！

4.

今晚的夜空比往常更加幽深，原本就没有几颗星星的天空被一层薄薄的雾气笼罩着，更添几分苍凉。

偶尔有微风吹过，树叶发出“沙沙”的声音。那声音在这样安静的夜里显得格外突兀。

我躺在床上翻来覆去，却一直睡不着，只能睁开眼睛望着天花板。

窗帘没有拉紧，露出一丝缝隙，门外路灯暗黄色的灯光洒了起来，投射在洁白的墙壁上。

时钟秒针走动的声音在耳边嘀嗒嘀嗒地响着。

在这安静的夜里，就连呼吸声都显得那么大，大到让我心里更加不安了。我烦躁地把被子一拉，盖住脑袋，眼前唯一的光就这么消失了。

蒙着头让我更加烦闷了，我屏息了一会儿后，将被子一掀，猛地坐了起来，穿上拖鞋跑到书桌旁，摁下电脑的开机键。

我拉开椅子坐下，懒散地靠在椅背上，望着电脑屏幕发呆。

家里这台老式电脑也不记得是什么时候买的了，开机慢得要命。屏幕上一直是蓝色的光，亮得有些刺眼。

我只感觉眼睛微微一疼，竟然流出了眼泪。

我伸手抹了一把泪，握着鼠标，关掉屏幕上弹出来的乱七八糟的窗口，然后打开浏览器，在百度搜索栏里输入了“圣洛瑞戈王国”几个字，犹豫了一下以后，还是按下了回车键。

过了很久，网页总算显示出来。

我的目光不小心瞟到了一旁的搜索数目，瞬间就被数字后面那一长串零吓得惊呆了。

想想要不是周末的时候我总是喜欢看看新闻，也不至于会知道这么一个小国家，而想不到关于这个小国家居然会有这么多信息。

我睁大眼睛开始数数字后面的零，数了好几次，数得头昏脑涨了还是没数清，最终我只好放弃了这种幼稚的举动，看起了网络上的信息。

前面几条还是关于国家的百度百科介绍，还有最近几期亚伦参加国际新闻发布会的照片。

这些信息都是用严谨、公式化的语气写的，才看了一点点我就看不下去了，果断翻页，继续往下看去，慢慢地就开始出现网友们写的东西了。

我打开圣洛瑞戈王国贴吧，看到一篇叫“重金寻找公主真人照”的帖子。贴吧也不知道是什么时候建的，吧主竟然还将这篇帖子置顶了。

下面的回复很多，基本上都是“求围观”“同求”，还有人高呼“公主，嫁给我”！

我脑海里顿时浮现出了一个有着大脑袋的动漫小人，他瞪着一双鼓鼓的眼睛，一边扭着屁股一边举着喇叭念念有词。

想到这里，我忍不住笑了出来，又继续往下看。

接下来的帖子就更加没有营养了，到了第二页竟然还有一连串题目为“我是林晓琳”的帖子，估计大家一看就知道是假的，回复的人寥寥无几。

本来这个贴吧就算有些娱乐性也不应该是这个样子的，没想到自从周末的新闻一登出来，大伙都不正经起来。想要飞上枝头变凤凰的人不计其数，当初我也是其中的一个，甚至还做了那样的美梦，可是好运真的降临的这天，我又意识到这样的事情并不是那么美妙。

现在我一闭上眼睛，就能想到那座金碧辉煌的古堡，漂亮得仿佛来自于童话故事里。

可是古堡里的气氛比起家里不知道压抑多少倍，有着繁复的礼节、规矩，每天都要穿着正式的服装。

一切都像一座山一样压得人喘不过气。

我忽然有些同情那些从小就生活在王室的小孩了，他们从小就要学会掩饰自己的情绪，学会在闪光灯下生活，没有一点儿隐私。

想到这里，我有些难过，逼迫着自己停止这样的思考。

我移动鼠标重新回到了搜索栏，异想天开地输入了自己的名字，然后按下回车键。

紧接着网页从圣洛瑞戈贴吧变成了……林晓琳贴吧？

我诧异地张开嘴巴看着电脑屏幕。

我也就随便搜索一下，没想到真的有这样的贴吧。

贴吧里有吧规等各种内容，还有两个吧主，就连每个帖子前面都有规定好的前缀，看上去很正式的样子。

“轰隆——”

我瞬间有一种被闪电劈中的僵直感，嘴角抽搐地关掉了贴吧，开始搜索亚伦的信息。

搜索条目刚显示出来，跟刚才搜圣洛瑞戈王国又是完全不一样的风格。搜国家的时候虽然也出现了很多八卦或者不相干的新闻，但最前面好歹也是关于国家政治的一些报道。

而亚伦……

这个无数次代表圣洛瑞戈王国出现在媒体面前、接受各种采访、与各国外交官打交道、处理了大部分国家事务的人的名字，被搜索出来的竟然只有八卦新闻！

难道说八卦信息已经强势到将所有政治方面的文章全部压下去了？

我的目光从贴吧的所谓“花痴后援会”上扫过，一条一条往下看，才看到第三条，我又震惊了。那大概是出自一个网友之手，写的是“与亚伦相处的一天”，也不知道是真的还是编造的，但那神秘的语气让人觉得更像是真的。

一次上流社会的晚会上，作者以记者的身份到场，近距离地观察到了亚伦与不同身份的人的交际方式。虽然亚伦会因为对方身份的不同而决定自己的态度是否强硬，可是基本上，亚伦都是冷酷地面对所有人。

他不需要太多的话、太多的行为来表现自己。仅仅靠他雷厉风行的作风，就可以征服所有人，让人们相信以他的能力可以治理好这个国家，让人们的生活变得更好。

于是，在圣洛瑞戈王国，亚伦也被评为了全国最具价值的黄金单身汉。也难怪，一个有着无与伦比容貌加上尊贵地位的人，怎能不是少女的白马王子？在他放弃继承权之前，大概所有人都觉得，拥有了他就能拥有一个国家，就能理所当然地成为王妃。

所以明星公然示爱，粉丝跟风追捧，这实在是太正常不过了。我甚至看到一篇单独的新闻顶着一个“美女明星示爱，亚伦残忍拒绝”的题目，下面还附了几张该女明星的照片，确实身材高挑，面容姣好，虽然不是楚楚可怜那种类型的，却也不算过于妖冶。

“我要是能长这么漂亮就好了！”我双手捧住脸颊感叹了一声，正准备关掉网页，忽然看到最下面有几行小字——据亚伦的私人医生传出，亚伦残忍拒爱，疑似……

这……这也太劲爆了吧。

可转念一想，亚伦拥有那样至高无上的地位，加上能算得上极品的外貌，什么样的女人不是想尽办法去巴结他，还会有他得不到的吗？这么多年来，他拒绝了各种女人的求爱，一直保持着单身状态，甚至被评为了圣洛瑞戈王国最具价值的黄金单身汉。

想到这里，我浑身都冒起了鸡皮疙瘩。

哦，天啊，谣言真可怕。如果我的真实身份公布出去，未来的日子一定会很难过。以后会不会看到什么乱七八糟的帖子啊……

我颤抖着点了网页右上角的“×”，快速关掉电脑躺回了床上。明明已经快到夏天了，我却浑身发凉，不自觉地裹紧被子缩成一团，闭上眼睛强迫自己入睡。

一夜就这么混混沌沌过去了。

第三章 03

CHAPTER 亚伦殿下的强势

1.

第二天。

我都说不清楚昨天晚上自己到底几点钟才真正睡着，只觉得早上起来整个人都昏昏沉沉的，顶着一对大大的黑眼圈，都来不及跟妈妈打招呼就跑出去了。

还好我在学校里一直相当低调，大概就算脸上被人打两拳，肿起来了，也没有人会注意到坐在角落里的我。所以就算我像只熊猫一样，我也没有偷偷找出妈妈的遮瑕膏来用，就这么洒脱地迈着大步往学校走去。

忘记说了，因为我今天又起得格外晚，美琪竟然发了一条短信告诉我她先走了。

好久没有一个人去学校了，我突然有些不适应，加上又是清晨，路上的人很少，我走着走着就开始胡思乱想了。

唉。

我还是那个我，像一个普通学生一样去上学，但是我脑海里已经完全混乱了。

现在充斥着我整个脑海的，都是关于圣洛瑞戈王国的种种。我知道亚伦一定会再来找我的，也许就是今天下午放学后。

昨天我信誓旦旦扔下一句“我不会回去”，然后跑掉的勇气，在听妈妈说了那一席话以后已经消失殆尽了。现在的我，只能绞尽脑汁地想着应该怎样去面对亚伦。

正当我脑子里一团糟的时候，一辆黑色加长牧马人越野车在我身旁骤然停了下来。这种越野车开在马路上本来就很有气势，加上在人烟稀少的马路上行驶，速度很快，突然刹车着实把我吓得不轻。

我条件反射般地往后退了好几步才稳住脚步，轻喘了一口气正准备继续走，车门却打开了。

从车上下来的是四个穿着一模一样黑色西装的彪形大汉，他们长得像一个模子刻出来的，浓眉大眼，嘴唇周围有一圈胡楂，目光如鹰一般犀利骇人。

我全身一颤，总感觉周围阴森森的，心里暗叫不妙，打算拔腿就跑，却被人抓住衣领提了起来，直接扔进了车里。

他们的速度快得惊人，只是几秒钟已经重新坐回了车里，关上门。开车的人一踩油门，车子飞驰而去。

我保持着被扔进来的姿势待在车子里，不敢乱动。而那四个人以一种很奇怪很尴尬的姿势将我“挤”在中间。

经历了昨天惊悚的“摩托车绑架事件”后，我已经淡定了许多。其实刚刚看到这辆昂贵的车子时，我就知道来者身份不凡。

车子在大道上行驶了一段时间后拐进了一条小路，这样拐了好几次以后，再从一条胡同里蹿出来。

周围的景色完全变了，小路两旁都是高耸入云的树木，繁茂的枝叶簇拥在一起，挡住阳光。

车子行驶到一座古堡外的时候终于停了下来。我虽然半躺着，却依然看见了站在古堡外的亚伦。他看到车子里的我以后，露出了满意的笑容，却仍旧双臂环胸站着不动。

大汉们开门下了车，开车的大汉又重复之前的动作将我从车子里拎了出去。他们将我带到亚伦面前后，恭敬地行了一个礼，留下一句“殿下，人带到了”，便又一齐回到车里，驱车离开了。

“跟我进去吧。”亚伦挥一挥手，转身就走。

做什么，招呼小狗吗？

他那动作不管是要表达什么意思，看在我眼里就像在逗弄小狗一样。本来我再次被“绑架”了很不爽，现在更气得不轻，一怒之下伸出手将他往后一拉。

他大概没料到我会这样拽他，脚步踉跄地退了两步，骤然转身，看向我的眼神里多了一丝淡淡的愠气。

“哼，你们王室的人总是用这种简单粗暴的方式来表达你们的教养吗？”我不屑地扔下一句话。

他没料到我竟然会出言挑衅，眉毛一扬，一字一句慢悠悠地说道：“很抱歉，让你失望了。林晓琳小姐，我们所有特殊的礼仪都是只针对你准备的，你是不是应该有种受宠若惊的感觉吗？”

“受宠若惊你个头！”听了我的嘲讽，他不以为耻反以为荣，气得我涨红了脸，睁大眼睛瞪着他，声音也提高了几个分贝，让自己显得气势十足，“我接受你用任何方式来邀请我，但是拒绝绑架！难道你们对于我是否接受邀请这么不自信？”

“随便你怎么想，现在我们还有正事要做，没有工夫陪你在这里废话耽误时间。”他又恢复了淡定，轻描淡写地丢下一句话，伸手握住我的手腕，拉着我就往古堡里走。

“谁在跟你废话了！我在很正经地跟你讨论——啊，你抓疼我了！”

我被他拽着不情不愿地往里面走，越是挣扎，他手上的力气就越大，握得我的手生疼，却又因为刚才尝到的苦头而不敢再试图将手抽出来，只能苦着脸跟在他身后。

穿过庭院便进了古堡的大厅，比起上次，今天大厅里的人更多了一些，却只是恭敬地站着的侍女，而非重要之人。

我前脚刚踏进大厅，就见他挥手招来不远处的侍女，不耐烦地将我丢给了她们。我被他这么一推，还没来得及稳住身子，又被侍女一人抓住一只手，像只展翅的老鹰一样保持一种奇怪的姿势站着。

我狠狠地瞪了亚伦一眼，却见他也正趾高气扬地望着我。见我瞪他，他不客气地伸手指着我的鼻子对侍女吩咐道：“给你们两个小时把她带去好好改造一下，如果不能让我满意，你们明天就可以收拾包袱回家了。”

恶魔！他简直是恶魔！

这时，他的嘴角却勾起一抹笑。这笑容虽然不是阳光般灿烂，却也迷人得让人心慌。如果换个身份，换个场景，我想我会花痴地尖叫起来的。

可是——

此时此景，他淡然地威胁着别人，却还能笑得那么无害，真是太过分了！

“是。”侍女应该早已习惯他的威胁，面不改色地应声，带着我往一旁的房间走去。

进了房间，我立刻就被刺眼的灯光照得睁不开眼睛，好不容易适应过来，已经有人在扒我身上的衣服了。

等等，为什么要扒我的衣服？

“啊啊啊，你们要干什么？放开我！”回过神来后，我立刻尖叫了起来，张牙舞爪地推开身边的人往外跑。

跑到门口却发现门不知道什么时候被人从外面反锁了，我只好背靠着门望着朝我一点点走近的侍女，惊恐地缩着身子，挥舞着手臂想要赶走她们：“你们要干什么？离我远点儿！”

“小姐，我们只是想帮您洗浴而已。”

慌乱之中我已经看清楚了这里的格局。这是一个正方形的房间，四周的墙壁贴着青色瓷砖，脚下是木地板，而屋子中间放着一个巨大的棕木浴桶。浴桶里的热水正往外冒着热气，蒸汽升腾到空中，一点一点地晕染了整个房间，让一旁的镜子也蒙上了一层薄雾。

她们一步一步逼近，在我无力的反抗中脱掉我的衣服，将我扔进了浴桶中。一顿清洗以后，我被用一张长长的浴巾裹了起来，送进了隔壁的房间。

仅仅裹着浴巾的我在进入第二个房间以后震惊了！这个房间的装修比之前那个房间更华丽了几分，屋子里是亮堂堂的橙黄色格调，三面是墙，另外一面是块巨大的镜子。镜子旁有一个梳妆台，上面的工具箱里放着各种各样我说不出名字的东西。

最大的不同是，刚才洗澡的时候屋子里全是侍女，因为性别相同没有太大的威胁所以最终我妥协了，任凭她们给我清洗。可是现在我只裹着单薄的浴巾，她们竟然将我送到了一个男人的面前。

而且那男人一见到我，嘴角就扬起了一丝笑意，眼睛里带着探究的神色，将我上上下下打量了一遍，直看得我全身发麻。

这个男人留着长长的头发，在脑后编成了小辫，碎发乱乱地搭在额前。

我条件反射般地双手捂在胸前，警惕地看着他，往后退了两步。

而身后，把我送进来的侍女“好心”地关上门，留下我们两人独处一室。

这这这……是要干吗？

我屏住了呼吸，死死地盯着他，结结巴巴地开口：“你要做什么……我劝你不要乱来，我会……我会叫的！”

“什么乱七八糟的。”他玩味地笑了，抬起手，手里握着一把银色剪刀，剪刀在灯光下反射着光芒。

我吞了吞口水。

这是要杀人灭口吗？

这一次，他却抢先解答了我心里的疑惑。

他将剪刀往梳妆台上一放，单手放在胸前，对着我鞠了个躬：“你好，林晓琳小姐，我是你的设计师Meg。”

我嘴角抽了抽，举起手尴尬地冲他挥了挥：“你好。”

头发还湿漉漉的，弄得我很难受，而且只裹着浴巾，我一直担心它会掉下去，另外一只手不得不一直护在胸前。

他又对我做了一个有请的姿势，指着他身旁那张黑色可升降椅，含笑道：“请你放心地将自己交给我，我一定会让你看到一个全新的自己。”

我警惕地看了他一眼。

Meg确实长得不错，一张脸格外俊俏，可是配上他那奇怪的发型立刻就诡异了三分。把自己都能糟蹋成这副模样的人，他的话我自然也半信半疑。

看出了我的迟疑，他又重新站直了身子无奈地摊了摊手：“你是在质疑我的发型吗？不不不，这叫艺术。艺术你懂吗？算了，一看你就不是懂艺术的人，告诉你也白搭。但是现在亚伦王子将你交给我，我就一定要对你负责到底。你没有其他选择，还是不要浪费时间了，乖乖过来坐下吧。”

亚伦，又是亚伦。

一听到他拿亚伦来压我，我就头疼，但是想想我都脱光洗了一遍了，现在退缩也来不及了，干脆鼓起勇气趾高气扬地瞅了他一眼，昂首挺胸地走到他面前坐了下来，把心一横，视死如归地说道：“动手吧！”那样子像足了一个英勇就义的人。

他拿起一旁的吹风机帮我吹起了头发，一边吹还一边纳闷地说：“你怎么一副要表演胸口碎大石的壮烈神情？”

我悲壮地看着镜子里的自己，眼睛一闭，脖子一扬：“我宁愿表演胸口碎大石，也不愿意自己变得很艺术。”

对于我的不屑，他没有回应。

大概是刚才舒舒服服洗了澡，加之昨晚没睡好，我有些困倦，现在如此慵懒地坐在椅子上，我立刻超级想睡觉。

心里又微微挣扎了一下，理智终究打不过瞌睡虫，我昏昏沉沉地靠着椅背睡了过去。

2.

时间在我的睡梦中悄悄流逝。

等我醒来的时候已经不知道过了多久，我睁开眼睛发现自己正半躺在一把柔软的公主椅上。

很明显，在熟睡时，我又被转移到了另外一个房间。这里大概是休息室，窗帘掩上了一半，让房间里的光线有些暗淡。

屋子里只放着一张玻璃桌，而我正对面的墙壁里嵌着超大屏液晶电视。

我撑着椅子扶手迷茫地坐了起来，习惯性地伸手想要揉揉自己凌乱的头发，却忽然发现手感有些异样。

我似乎抓到了一个花苞一样的东西，硬硬的……

手僵硬了两秒，从头顶垂了下来，我这才想起自己从吹头发开始就一直在睡觉，身上一定还裹着浴巾。

于是我低头一看，却诧异地发现身上的浴巾不知道什么时候换成了一件米色及膝连衣裙。裙子上点缀着宝石，在蕾丝的衬托下，熠熠生辉。

等等……

我蓦地站了起来，抱头尖叫起来：“Meg，你这个色狼！变态！”

“砰”的一声，门被人推开了。

Meg拿着银色剪刀走了进来，一把将我的手从脑袋上拽了下来，有些不悦地呵斥道：“别乱动，头发弄乱了等会儿还要重新做一遍，很麻烦的！”

我的右手被他拽住使不上力气，便抬起左手想要打他，却被他轻易躲过。我恼羞成怒地说道：“你为什么要擅作主张给我换衣服，男女有别，你不知道吗？”

“你睡得太熟了，难不成就让你一直裹着浴巾？”

“你可以叫我起来让我自己换啊！”

“得了吧。”他松开我的手，暧昧地看着我，还冲我眨眨眼睛，“你也不看看自己什么身材，没胸没臀的，我看自己都比看你舒服。”

“你你你……”我被气得说不出话来。

这座古堡里住的都是些什么变态，为什么总是能一边笑得那么无辜，一边说出这种过分的话来？

我伸出颤抖的手指着他的鼻子，好半天才憋出一句话：“你这个变态！”

他一怔，紧接着哈哈大笑起来，一边笑还一边冲我挤眉弄眼：“这好像是个不错的身份。不过现在我们还有别的事情要做，等忙完了再来讨论这个问题吧。”

说罢，他打了一个响指，房间里的灯骤然亮起。两个侍女各捧着一个放满首饰的盒子进了屋。他挑了一条项链和一对耳环给我戴上后，满意地摸着下巴打量了我半天。

我被他看得浑身都不自在。

习惯了披着头发、穿着宽大衣服的我，突然被打扮成这样，整个人都紧张了起来。尤其是穿着这身衣服，我不敢有大动作，生怕一不小心就走光。

看到我窘迫的样子，他凑到我耳边低声说道："刚才看你睡得那么香，我不忍心吵醒你，就让人来先帮你换了衣服，你居然不感谢我。"

说罢，他用一种我辜负了他的哀怨眼神看着我，然后退了几步拉开我们之间的距离。

我忍住抓头发的冲动，手突然不知道该放在哪里了。

真不知道这个老是强调自己懂艺术的男人现在把我折腾成什么样子了。一定很奇怪，不然我也不会觉得浑身难受。

他大概看出了我心中的疑惑，冲我抛了一个媚眼，紧接着将我推到了一面镜子前："喏，没你想的那么恐怖，勉勉强强还是可以带出去见人的。"

我眨巴眨巴眼睛朝镜子看去。

只见镜子里的少女，头发高高盘起，像一朵含苞待放的花儿。头上戴着一个别致小巧的白金皇冠，皇冠上镶着晶莹剔透的钻石。两缕头发在耳边自然地垂下，微微弯曲，贴着脸颊，勾勒出尖尖的下巴。睫毛卷卷翘翘的，衬得眼睛更大了，粉唇微微嘟起，像个芭比娃娃一样。

一直被头发挡住的脖子完全露了出来，又长又细的脖子上戴着一条简单却不失高雅的项链，吊坠轻轻垂在胸前，让裙子抹胸之上的部分显得不那么空。

我的呼吸变得急促起来，不敢相信地睁大眼睛凝视着镜子里的自己：“这……这真的是我？”

“是不是突然有一种整容成功，重新做人的感觉？”一个欠揍的声音在我耳边响了起来。

我猛地转过头，却见亚伦不知道什么时候走了进来。

看到亚伦，Meg恭敬地行了个礼，便和侍女们一起退出了屋子。

屋子里只剩下我和亚伦两个人。

我顾不上再对着镜子欣赏自己，挑眉不爽地看着他：“你嘴里就吐不出什么好听的话吗？”

话音刚落，却发现他怔怔地看着我，有些失神，脸还微微泛红。

我心里不禁有些激动。

刚才亚伦说话的时候人在外面，一定没有看到我的样子，现在被本小姐惊艳到了吧！果然我林晓琳还是很有气质的，一打扮起来绝对秒杀所有人！

我的心里似乎有个小恶魔高兴得仰天大笑，表面上却还要装作淡定。我用手指戳了戳亚伦的脸，故作深沉地摇摇头：“看看你，没见过美女吗？脸红成这样。”

原来亚伦也有这么害羞的一面。

我就这么毫无顾忌地看着他。

他今天的打扮休闲了许多，简简单单穿了一件运动外套，头发也乱乱的，看上去就像刚起床还没来得及打理一样。那双蓝色的眸子像蓝宝石般闪着光芒。

没想到他也蛮可爱的！

被我盯着，他的脸竟更红了。他慌慌张张地转过头，清了清嗓子，压低了声音说道：“别臭美了，跟我出来。”

说完他就头也不回地往外走去。

嘁，还假装镇定。

我脸上绽放出得意的笑容，跟着他走出了房间。

刚一出屋子，他忽然回过头，那双清澈的眸子又变得冷傲犀利起来，他上下打量了我几秒，开口呵斥道：“站直了！”

他突然制造出的压迫气氛让我感到有些不安，只能站直身子等待他的下一个指令。

“下巴抬起来！”

我微微抬了抬下巴。

“再抬！”

“手放下去，垂在两侧，手和衣服之间不能有肉眼能够看到的缝隙！

“双腿并拢！两条腿岔开站很难看，你知不知道？并拢——

“让你并腿没让你低头看，下巴抬起来，脖子给我伸直了。林晓琳，你到底是从什么地方穿越过来的原始人，让你简单地站着你都站不好？三岁的小孩都比你做得好，你知不知道！”

一连串的话在我耳旁炸响，我随着他的指令调整着自己的肢体动作，却发现一点儿也不协调，不是这里有问题，就是那里有问题。

可是再看看他，他虽然在教训我，自己的动作却十分规范，站在那里一动不动，只是嘴唇微微开合着，身体修长挺拔，气质更加无与伦比。

过了一会儿，他走到一旁的沙发上坐了下来，舒服地微眯着眼睛看着我："脖子还是有点歪……不过勉勉强强能看。就这样吧，你先维持这个姿势站半个小时！"

什么！半个小时？

我瞪大眼睛，鼓起腮帮子怒视他："凭什么你在那儿坐着，却让我站半个小时？不公平！"

"不公平？"他挑眉，"你的意思是我陪你站你就站了？"

"我……"我被他一句话噎住了。

我本来是想让他感到羞愧然后让我也坐下，没想到他真的从沙发上站了起来走到我身边陪着我一起站。

好吧，我忍！

我屏住呼吸不去看他，却在心里诅咒了他千万遍。

3.

我头一次觉得半个小时比半天还长。

腰酸，背疼，呃……虽然腿还没有抽筋，但是脖子已经疼得有些直不起来了。我的整张脸都不由得皱了起来。

不知道现在过去了多久。这么大一个大厅，竟然连挂钟都找不到。

“啊啊啊——”

我果然不是一个忍得住的人，心里刚开始咆哮，人已经行动起来，保持了很久早让我整个身体都僵硬的姿势一瞬间全部瓦解。

我扭了扭脖子甩了甩腿，双手叉腰冲着他“呵呵”笑了一声，扔下一句“我受够了，再也不见”，便转身就跑。

还是那天的路线，所以我并不慌乱。

虽然今天还有一天的课，但我没有去学校，而是打车直接回家。经历了这样乱七八糟的事情，谁都不可能还有心情去上课。

我在车上愤怒地把盘起的头发解开，本来想把皇冠扔了，可是想想拿出去应该能卖很多钱，便又忍住了。

下了车，我狂奔回家。

刚跑到家门口，我掏出钥匙正准备开门，门却打开了，迎面而来的是妈妈神秘兮兮的笑容，她还冲着我挤眉弄眼，那表情要多八卦有多八卦：“晓琳，回来得正好，有帅哥在等你哟。”

我一下子就迷茫了。

按理说我这个时候回来，妈妈不是应该揪着我一股脑地追问为什么吗，但现在这是怎么回事……

我跟着她进了屋，刚走进屋子就看见了一张超级欠揍的脸。

是亚伦！

“你怎么这么阴魂不散？”

我的脸立刻沉了下来，没好气地冲着他吼了一声，然后又转过头看向妈妈：

“妈妈，你知道他是谁吗，就随便放他进来？他就是昨天绑走我的圣洛瑞戈王国第二继承人——爸爸的弟弟亚伦！”

“啊？”妈妈的脸上露出了震惊的表情，她惊愕地看了看我，又看了看亚伦，似乎在犹豫是不是要相信我。愣了好半天，她才垂下眼帘，自言自语地喃喃道：“怎么会是弟弟呢，我记得你爸爸的妈妈在生了他以后就去世了啊……”

那声音很低，低到我甚至以为是错觉。

我刚准备问清楚，亚伦已经直直地朝我走了过来。他挑挑眉，趾高气扬地高声怒斥道：“林晓琳，你以为你是什么身份，想来就来想走就走？圣洛瑞戈是那么随便的地方吗？别把你平常的生活习惯带进去！”

“还有夫人您——”他转而看向我妈妈，“我敬您是大哥的妻子，所以说话客气一些。林晓琳是必须接受公主身份回到圣洛瑞戈王国的，但是在回去之前她必须接受严格的王室礼仪训练，请夫人您也协助监督！”

“又不是我自己想去，我本来就是被你们强迫的！”我反驳道，“而且这不关我妈妈的事，你不要针对她！”

“呵呵，看来你不太清楚你家里的情况啊。”亚伦伸手从包里掏出一张支票扔在不远处的桌子上，盛气凌人地威胁道，“你们好像还欠了一大笔钱吧？也不知道你妈妈有没有告诉你这件事情，不过看你的样子似乎是毫不知情，看来你平时生活得太滋润了。”

欠钱……

我一阵茫然以后，立刻意识到妈妈有事瞒着我。果然，我转头一看，她的脸色变得很难看，看向我的眼神也躲躲闪闪的。

我的心里一紧，紧接着就听亚伦说：“从今天开始，你就跟我一起住到古堡里去。以后早上我会亲自派人送你上学，所以你也不用担心学业的问题。但是，在古堡里你的一切行动都必须听从我的命令！”

他那种威胁的语气让我越来越不爽了。

我瞪大眼睛看着他，恨不得将他盯出一个洞来。

有钱有势了不起吗？不就是出身好了一点儿，生在王室吗？要不要这么趾高气扬，一副看不起全世界的样子？

我冷哼了一声，走到桌旁拿起支票扬手甩在他脸上，气势十足地丢出一句：“愚蠢的家伙，拿着你的钱滚得越远越好，这里不欢迎你！去当你的国王吧，不要再来纠缠我和我妈妈，从此远离我的视线！”

亚伦牢牢地盯了我一会儿，然后冷笑了一声，那声音阴森得让我脊背有些发麻。

他垂下眼帘看了看地上那张支票，并没有去捡，只是轻描淡写地继续说道：“你现在要知道的是，你的一切都掌握在我手里，不是你不想做什么就可以不做的，我才是能控制你的人。所以，今天晚上你需要跟我去参加一个重要的宴会。在宴会上我们会将你介绍给圣洛瑞戈王国的其他贵族，这也是你作为公主以及第一继承人的第一次亮相。”他突然逼近我，呼出的气息扑在我脸上，让我感觉痒痒的。

完全没反应过来的我瞬间脸红了，只能睁大眼睛望着他那双迷人的蓝色眸子，听到他邪魅的声音在耳边幽幽响起：“请你不要再做徒劳的挣扎了。既然你身上流着圣洛瑞戈王族的血液，那么就必须承担相应的责任。今天的宴会必须出席，谨记不要给我们以及你自己丢脸。”

听着他冷漠刻板、不容质疑的话，我呆呆地站在那儿，仿佛失去了思考的能力。

第四章

04

盛装来到他们的世界

CHAPTER

1.

亚伦走了以后，家里的气氛变得奇怪起来。我和妈妈坐在沙发上，大眼瞪小眼，谁也不说话。

空气仿佛凝固了，让我的呼吸变得有些困难。我只感觉到深深的压抑，心脏在胸膛里怦怦直跳。这种沉闷，让我想推开窗户大口大口喘气，可是我没有这么做。

我就这么直直地凝视着妈妈，直到她为了躲避我的目光偏过了头。她大概以为亚伦是我同学，加上他又长得很帅，自然兴高采烈地把他请进屋盛情招待了一番。

可没想到竟然会变成如此尴尬的局面。

我屏住呼吸，起身弯腰捡起了飘落在地上的支票放在她面前，有些艰难地笑了笑："妈妈，有困难就拿着吧，虽然我表面上拒绝得那么大义凛然……但不过是为了不丢气势。”

“嗯。”妈妈轻轻应了一声，接过支票。

我这才暗暗松了一口气。

“我先出去散散心，一会儿就回来。”

刚才和亚伦的针锋相对弄得我有些狼狈，我却仍故作轻松地扔下这句话，转身逃也似的回卧室把那套礼服换下来，穿着运动服跑出了屋子。

在外面闲逛了好一会儿，天色微微暗了下来，看见白天不让摆摊的小巷里已经开始陆陆续续有摆摊的人了，我才怔了怔，意识到时间已经不早了。

原来我竟然在古堡里折腾了那么久？

想到今天一大早就被“绑架”过去，乱七八糟折腾了一番，又睡了一觉，还被亚伦训练了一番站姿，做的事情好像也不少，我却浑然不觉。

我叹了一口气，跑到了美琪家。

她打开门看到是我，立刻诧异地张开嘴巴，半天都合不拢。

“晓琳，你不是生病了吗？有人帮你请了假的，你不在家里好好休息跑到我家来做什么？难道是来问作业的？班主任说今天你不用做作业了……不对啊，你也不可能是这么积极的人啊？”她一激动，脸涨得通红，说话也变得语无伦次起来。

我白了她一眼，在心里暗暗想道，难怪今天完全没有人关心我为什么不去上学，原来亚伦早就把一切都处理好了。我不得不感叹他的心思缜密，但这丝毫不能改变我对他的看法。

一想到他，我就气不打一处来。我一边把美琪往屋子里推，一边反手把门关上："今天发生了一些很复杂的事情，你要保证保密，我才告诉你！"

看见我一脸凝重，她大概也意识到了事情的严重性，探出头往充满油烟的厨房里望了望，然后把我拉进她的房间里。锁上门以后，她才一脸好奇地凑了过来："到底发生什么事了？放心吧，我哥出门了，我妈一般不会随便进我房间的。你告诉我，我保证不会说出去。"

我往她床上一坐，没完没了地唠叨起来："你也知道，我一直是和我妈妈两个人生活在一起的。我以为这个世界上我没有亲戚了，谁知道突然冒出了一个人告诉我他是我叔叔……"

"叔叔？"她瞪大眼睛尖叫了一声。

我连忙伸手捂住了她的嘴，用眼神示意她安静点。

她被我捂住了大半张脸，只露出两只眼睛无辜地望着我，见我瞪她，还眨巴眨巴了眼睛。

半晌，我又继续说道："本来我和我妈妈生活得也不算太富裕，突然多了个有钱的亲戚来接济我们也是不错的。你也知道我爸爸去世得早，这突然冒出来的亲戚是我爸爸那边的。这个叔叔天天对我指指点点、指手画脚的，还一副自己有钱就很了不起的样子！"

"真的很有钱吗？"一个不合时宜的问题从美琪嘴里冒了出来。

我给了还在眨眼的她一个栗暴："尹美琪，你关注的重点能不能和正常人一样？"

她撇撇嘴，揉着额头说："这也是重点啊，如果真的很有钱，让我做什么我都忍了。"

“那是你没经历过。”我摇摇头。在经历这两天的事情之前，我也一直做着公主梦，以为当了公主后就会过着无忧无虑的生活，就会有很多钱想买什么就买什么。可是现在，我的梦想上还压着沉重的负担。

“如果我要继承他们的家产，就要按照他们的想法做出改变。如果真是这样，我怕我会变得不像自己。”

林晓琳不就应该每天大大咧咧，想笑就笑，想哭就哭吗？而不是随时都保持僵硬的姿态，用优雅的语气与人说着客套话，用奢华的珠宝装饰自己。

不！

“我不要变成那样！”我低喊了一声，有些压抑地用手抱住自己的头，将头深深地埋下，难受地喃喃道：“放过我吧，放过我吧……”

一双手轻轻地搂住了我，拍着我的背。

“别理你那个叔叔了，真是的！”美琪有些愤愤不平，“这么多年来他们对你们不闻不问的，现在突然冒出来算什么？他要是下次再来烦你你就叫上我，我和我哥去帮你收拾他！”

“扑哧！”她的话戳中了我的笑点，我一把推开她，坐直身体，将头抬了起来，“哪有那么夸张。况且就你们兄妹俩也不一定能收拾得了他！”

我嘴上这么说着，心却刺痛了一下——不是不一定能，是一定不能。

就在这时，门外突然响起了一阵钥匙转动锁孔的声音，紧接着原本锁上的房门竟然被人推开了。

佑赫哥推开门后并没有走进来，只是倚在门边。从客厅窗户洒进来的夕阳余晖格外火红，落在他的身上，将他整个人都笼罩住了。他眉毛弯弯，眼睛轻轻眯起："妈妈让我来看看你躲在屋子里偷偷摸摸地做什么……咦，晓琳，你怎么也在这儿？"他发现了坐在一旁的我，眼神里闪过一抹惊喜。

"佑赫哥好！"我伸出手乖巧地跟他打了个招呼。

话刚说完，我举起的手就被美琪一巴掌拍了下来。她凑到我耳边，小声地唧唧喳喳个不停："晓琳，你看我哥怎么样，是不是一表人才？不比学校那个篮球队队长差吧？要不要考虑一下？嘿嘿嘿，我们就内部消化了，肥水不流外人田嘛。这样我们以后一起玩也更方便……"

我瞥了她一眼，看她笑得一脸暧昧的样子，偷偷拽了她一把："够了，别胡说八道了！"

"你们在说什么，不能让我也听听吗？"还站在门边的佑赫哥被我们弄得一头雾水。

美琪这才放开我，三下五除二地将我刚才对她说的话简单复述了一遍。

听完她的复述，佑赫哥皱起了眉头，手在身侧握成了拳，充满正义地说道："别理他就行了，我们会保护好你的！"

"嗯嗯！"美琪顺势猛点头。

"哈哈哈。"

我被他们一本正经的样子逗得捧腹大笑起来，一天的坏心情也瞬间消失了。就连还在做饭的美琪妈妈也被我的笑声吸引，拿着锅铲从厨房走了过来。

一见她过来，我心里大喊一声"糟了"，猛地跳了起来："我跟我妈妈说我出来散步，这么久了还没回去她会担心的，我先回去了。"

今天发生了这样的事情，我把妈妈一个人丢在家里本就不太好，现在心情已经好一些了，也该回去了。

“天色已经不早了，我送你回去吧？”佑赫哥一边随着我往房间外走，一边说道。

屋子里开着灯，显得格外明亮。但从窗户往外看去便能发现街上的路灯已经亮了，昏黄的灯光洒下来，隐隐约约能看见天上挂着一轮圆月。

他拿起外套跟我出了门，扬手便将美琪阴险的笑声关在了屋子里。

2.

美琪家离我家不远，送不送只不过是形式问题。倒是刚才听美琪叽叽喳喳说了那么多以后，再单独与佑赫哥相处，我有点不自在。

但是不自在又能怎样……

我纠结了一阵以后，虽然心还在怦怦跳，却面不改色地跟身旁的佑赫哥抱怨道：“这两天真的让我体会到了拍电影的感受，每天都要以不同的方式被‘绑架’。”

“那天的情况确实让我也吓了一跳，要不是后来看你平安回去了，我真要去报警了。”他轻轻应道，微微低头望着我。

路灯的光芒洒在他的侧脸上。虽说他不是惊人的帅气，但很俊秀，尤其是那笑容，总让人觉得看到了阳光。

“你说他们那些人……到底是怎么想的？初次见面就非要给我留下这种糟糕

的印象。他们要是能坦荡地到我家去拜访我和我妈妈，告诉我们他们的目的，我也不会这么排斥他们。”

那天的事情只有佑赫哥是亲眼看见的，所以向他抱怨起来我也变得格外愤懑，一想到亚伦的表情和语气，我的胸膛里就仿佛有团火在燃烧：“真以为我林晓琳那么好欺负吗？”

佑赫哥揉揉我的头发：“是是是，我们晓琳最棒了，没人敢欺负你。但是你一个人也不是他们那么多人的对手啊，你难道就没想过要给自己找个帮手吗？”

“帮手？”我懵懂地重复了一句，紧接着恍然大悟，停住脚步转身看向他，“你的意思是以后我应该尽量跟认识的人一起走，防止落单被他们‘绑架’？”

“不是，我……”他眼帘一垂，长长的睫毛如蝶翼般扇动，一句话脱口而出：“如果你愿意，我随时可以带你走！”

路灯光芒太暗，但我隐约发现他的脸颊上多了一抹红晕。

“什么？”我心里莫名紧张了起来，说话也变得结结巴巴，“难道……是不是我理解错了……你……”

今天的佑赫哥好奇怪，说话吞吞吐吐的，还露出害羞的表情，实在让人觉得诡异。

他终于抬起了头，那双明眸深情款款地注视着我，看得我双腿不由自主地一软，条件反射般地向后退了一步。见我后退，他伸手抓住了我，呼吸变得急促起来：“晓琳，有句话我一直想对你说。其实我，我喜欢……”

“林晓琳！”

就在我被这种奇怪的氛围弄得有些不知所措的时候，一个坚决而愤怒的声音从身后传来。

我的脊背一僵！

不用想，这个声音，这种霸道不羁的语气，来人一定是亚伦！

紧接着，我的肩膀便被一只手抓住了，他把我狠狠往后一拉。完全没想到他会这么做，我踉跄着后退了几步，险些重心不稳倒下去，他却又一个用力，让我整个人掉转了方向。

我被迫面对着他，对上了他那双深邃的眸子。

他的眉头微微皱起，声音在我耳畔轻轻掠过："你要交男朋友，要做什么事情，我都不干涉你。可是我的命令，你必须执行。现在跟我走，今晚有一个很重要的宴会你必须参加。"

瞧瞧！这是什么态度，什么语气！一说话就是这种命令的语气，换作谁听了会好受？

"我不！"我想也没想就拒绝道。

我很不爽地盯着他，恨不得在他脸上盯出一个洞来。可惜我没有特异功能，我只能用目光表达我对他深深的抱怨。

我挣开了他，往后退了一步。一只手从身后握住了我的手。我一偏头便看见了佑赫哥那张能让人安心的脸，心里微微放松了一些。

佑赫哥向前跨了一步，将我护在了他的身后，面色凝重地看着亚伦："你就是晓琳说的爸爸家的亲戚吗？你的出现让她感到很困扰，能麻烦你以后不要来打扰她们母女的生活吗？她们像现在这样过了很多年了，突然多出来一个亲戚当然应该高兴，但是如果你要以这种方式来打乱她们的生活，那么，我是不会袖手旁观的！”

佑赫哥坚定的话语像钉子一样狠狠扎向亚伦：“你没看见吗？晓琳现在看见你就不开心！”

是是是。我在心里接过他的话，要不是面对着亚伦，我肯定像小鸡啄米一样狂点头了。

对于我的拒绝，亚伦像是早就知道了一般，他无所谓地摆摆手。但是在听到佑赫哥的话以后，他原本皱起的眉头却轻轻地舒展开了。

这实在是让人捉摸不透他心里在想什么。

亚伦那张精致如同暗夜精灵一样的脸上此时露出了诡秘的笑容，他伸手指了指我，对佑赫哥说：“我有话要对她说，你不方便听。等说完以后，再让她告诉你她自己的决定。”

说完，也不管我同意不同意，他一把将我拉到他面前，然后俯下身低声在我耳边说道：“我想你现在不愿意让他们知道你的真实身份吧，公主殿下？”在说到“公主殿下”这几个字的时候，他有意无意地加重了语气。

我不由得全身一颤，紧接着便见他直起了身子，一双眸子正紧盯着我。

恶魔！

他简直是恶魔！

可我不得不面不改色地退回去，低头讷讷地跟佑赫哥说明有很重要的事情不得不去办，然后在他不放心的目光中跟着亚伦离开了。

3.

我跟着亚伦上了他那辆黑色的加长劳斯莱斯轿车，车在夜幕中行驶了半个小时后总算在一家私人会所前停了下来。

一切都笼罩在金色的光芒之中，连周围高耸入云的树木也被镀上了奇异的光芒。

这栋建筑是帆船形全封闭式的，从外面看去只能看见表面琉璃墙砖反射的光芒，将周围的世界都照亮了。

这是一家全球著名的私人会所，会所里全是上流社会中顶端的人。像我这种看场演唱会都是奢侈享受的人为什么会知道这种会所呢——这要归功于八卦节目。

上流社会出八卦。要看八卦哪里都可以找到，却只有上流社会的八卦是最抢人眼球的。就好比亚伦随随便便一个绯闻，就传得沸沸扬扬。谁让他是著名的黄金单身汉，圣洛瑞戈王国所有少女的梦想呢？

就在我胡思乱想的时候，恭候在门前的两位侍者已经彬彬有礼地打开了车门。亚伦已经下了车，正目光凛冽地望着我。那如寒冰一样的目光让我一颤，连忙下了车。

下车后我才发现侍者们看我的眼神中充满了诧异，他们拦在我的面前却又不敢有太多动作。好半晌，站在左边的侍者才向亚伦询问道：“亚伦殿下，这位小姐是要参加今天的晚宴吗？”

“有什么问题吗？”亚伦挑眉睨了他一眼，伸手将我拉到他的面前，手强制性地扣住了我的手腕。

侍者摇摇头，目光在我身上扫了一下又立刻挪开了：“没……没问题。”

他的话音刚落，亚伦便拉着我头也不回地朝会所里面走去，不，不是拉着，而是拖着，那速度快到让我几乎跟不上，脚步都有些凌乱起来。

“你走……”

我刚想开口让他走慢点儿，他却不耐烦地回头看了我一眼，扔下一句话：“林晓琳，你是属蜗牛的吗？时间已经晚了，你能不能快点儿？”

那声音冷如冰霜，让我无比骇然，立刻闭上了嘴。

紧接着我感觉到他扣住我手腕的手微微松了松，眼神里多了一丝嫌弃，但也只是一闪而过，接着，他拉着我朝会所的侧门走去。

我恍然大悟。下午把亚伦从家里赶出去以后，我完全没有想过今天晚上要来参加宴会，就连早上他带走我，然后给我做各种乱七八糟的改造，我也以为他只是觉得好玩。

出门的时候为了不那么引人注目，我又换回了运动服。难怪刚才门口的侍者想要拦住我。换作任何一个人大概也不会相信面前这个头发凌乱、穿着宽大运动服的少女是来参加宴会的吧？

我挠了挠头皮，勉强跟上他的步伐，一起从侧门走了进去。

刚一进去，我就被里面明亮的灯光晃得有些睁不开眼。与其说是侧门，倒不如说是更衣室——一个偌大的房间里井井有条地挂着各种各样的晚礼服，让我有一种被包围在里面的感觉。

而负责管理晚礼服的侍女们正在清点衣服，一见有人进来，立刻迎了过来，笑容满面地问道："请问亚伦殿下有什么需要？"

我看着面前的侍女，她穿着一条白纱长裙，头发高高盘起，发髻上插着一根簪子，看上去十分清新婉约。

啊啊啊！为什么就连侍女都这么漂亮啊！

我转念想想自己今天早上打扮过后的模样，心理又平衡了。

亚伦把我从他背后拉了出来，推给侍女，用那种不易亲近的口吻淡淡地命令道："用最短的时间把她收拾得能见人，然后带出来。我要先去参加宴会，时间不早了，再不出席会有非议的。"

收拾。

我敏锐地捕捉到了这个词，刚准备吐槽一番，就见亚伦头也不回地推开房间里另一扇门走了出去，快速消失在了我的视线里。我再一回头，就看见了侍女善意的笑容，不知道为什么，那笑容让我脊背有些发麻。

"小姐，放心交给我们吧。"她温柔地弯了弯腰，对我说道。

这和Meg一模一样的话让我忽然有些眩晕。

半个小时就这么过去了，不对，应该说半个小时就这样快速地过去了。这一次的装扮比起上一次不知道快了多少，我这才知道名门小姐也没有像我想象中的那样要将半天的时间都花在打扮自己上。

不知道是不是设计师的眼光都相似，这一次我穿的也是一件米色的裙子，不过是短裙，衬得我整个人很活泼。

头发没有被高高盘起，而是弄成了一个个小卷，垂在胸前。刘海儿被弄得直直的，覆盖在额前。又长又卷的睫毛上沾着点点荧光粉，在灯光的照耀下更是闪亮。

可惜我只匆匆看了一眼镜子里的自己，就被侍女送了出去。

出了房间，离晚宴大厅还有一段距离，但是已经能听见谈笑声。空气里飘荡着悠扬高雅的钢琴声，时而温和，时而清新，余音绕梁，久久不绝。

好不容易到了大厅外面，我小心翼翼地探头往里面望了望，一眼便看见了正中间铺着红毯的舞台。舞台上放着一架白色三角钢琴，一个穿着蓝色长裙的少女正坐在钢琴前，修长的手指飞快地在琴键上跳动着。

我只看得到她白皙的侧脸。长长的头发整整齐齐地披在身后，在弹琴的时候，她的身体会随着音乐有着小小的起伏。

一切都是那么美好，只可惜欣赏这音乐的人并不多。

舞台周围是穿着各色礼服、拿着酒杯谈笑交流的人们。

每一张面孔都是那么精致，而他们的嘴角都带着虚伪到让人觉得有些难受的笑意。出席宴会的大多数都是年龄不小的人，尤其是男士，皆是中年，所以我一眼便在人群中找到了亚伦。

他站在一个并不算太显眼的地方，但是他周围仍然围着许多年轻女人。

我就说怎么刚才看了一圈都没有看到美女呢，原来全部围到亚伦身边去了。

观察了一阵后，我才猫着腰偷偷摸摸从一个不起眼的角落钻进了宴会大厅，本来想找一个没人看见的地方躲起来，谁知道我正在物色位置的时候，一只手忽然从身后扣住了我的手腕。

这种触感……

用脚指头想都知道是亚伦。

也不知道他是什么时候发现我的，竟然能这么快就摆脱那群美女的纠缠把我从人群中抓出来。

我转过头瞪了他一眼，正迎上他深邃的目光。

“想往哪里跑？”他压低了声音，语气中带着威胁，“这不是你可以随便乱跑的地方。”

“我知道。”我不满地哼道，“你又没有告诉过我，我看不到你当然要找找了。”

“你只需要站在外面等我，我自然会来找你的。”

我的借口完全不被他当回事，这让我更加不爽地翻了个白眼，也懒得再去反驳他，跟着他往里走。

高傲，自大，还有强迫症，不管说什么话都带着命令的口吻！真不知道上帝造人的时候是不是打瞌睡了，才会造出这种“奇葩”。

我刚在心里骂了两句，他就停了下来，像是听见我在骂他一样，转过头凝视着我，那双幽深的蓝色眸子竟看得我有些心虚。

“仪态。”看了我好半天，他才吐出两个字，然后回过头，继续往前走。

我跟随着他走过人群。每走过一处，都有人停下自己的事情来看我们。我感觉他就像是故意的，带着我在人最多的地方走了一圈。转眼间几乎大厅里所有人都将注意力放在了我们两个人的身上。

大概我是他们没见过的生面孔，又大概是他们对于亚伦竟然带着一个女孩感到吃惊？

不管是哪种猜测，都让我心里忐忑不安起来。虽然说这种场面我并非没有见过，但这真的是我头一次在这种场合中被所有人关注。我的背上竟然沁出了汗水，紧握的手心也冒出了汗。

还好我穿的是短裙，不然要是一不小心一紧张被裙子绊倒了那就丢人丢大了。

我刚在心里庆幸自己不会犯这种错误，就感觉脚下突然一个踉跄，整个人往前扑去。

“啊——”

我听到身后还有人“好心”地配音尖叫了一声。

叫什么叫啊，我都没叫，你叫什么啊？

那人这么一叫，所有人都看过来了。

我会不会被骂？呜，一定会被亚伦修理得很惨的！

而亚伦在听到叫声的一瞬间也转过了身，紧接着他眼里出现了凝重的神色，他伸手将我猛地一拽，我以一种暧昧的姿势直接撞进了他的怀里。

“好疼！”我的鼻子直接撞在了他硬邦邦的胸膛上，疼得我眼泪都要流出来了。

我一低头，便看见刚才我走过的红毯卷起了一点，正好绊住了我。

该死，怎么哪壶不开提哪壶，刚刚还在庆幸，现在就立刻丢脸丢到爪哇国去了。虽然周围都是不认识的人，但我还是想挖个地洞钻进去。

我哀怨地抬起头看着亚伦，想要从他怀里挣脱出来，却发现他更用力了，将我死死搂在他的怀中。

他的胸膛微微起伏着，尖尖的下巴抵住我的额头，让我感觉有些疼。而他那双向来波澜不惊的蓝色眸子里，此时此刻却充斥着复杂的神色。停顿了几秒，他嘴角一勾，揽着我像什么事都没发生一样继续往前走。

所有人都以为他很平静，但是只有我听到他压低声音在我耳边说道："不要管他们的目光，走你的就是了。"

我咬了咬下唇，紧跟着他的步伐往前走。

大厅里响起了轻微的议论声，但很快就淹没在了流动的钢琴声中。那个弹钢琴的少女仿佛什么都没注意到，依旧专注地弹着每一个音符。

直到走到放满酒杯的桌子旁，亚伦才将我放开。他拿起一个酒杯，刚准备倒酒，想了想又回头问我："平时喝酒吗？"

我连忙猛摇头。

开玩笑，我要是喝酒，妈妈早就打断我的腿了！

见我摇头，他沉吟了片刻，还是倒了少许香槟在杯子里，然后将酒杯递给我："这个浓度低，不得不喝的时候你就喝一些。但是杯子必须一直拿着，这是礼节。所以你走路的时候要更小心，拿着酒杯再跌倒……"

话并没有说完，我却已经明白其中的意思，讷讷地低下了头，有些不安地看着地面。

"嗨，亲爱的——"就在这时，一个动听的女声在我身后响起。我还来不及转过身，她已经与我擦身而过走到亚伦身边，脸上扬起明媚的笑容，那双眼角上挑的眼睛像狐狸一样勾人：“总算找到你了，今天你可真低调。”

“嗯。”亚伦拿起酒杯与她轻轻碰了碰杯，神色淡然地应道。

“怎么，听说你还带了一个女孩来？这不是你的风格啊。”说这话的时候，她若有若无地朝我瞥了一眼。

我也撇撇嘴看着她。

这是个身材凹凸有致的美女，脸上的妆很淡，恰到好处，让她显得更加惊艳。她比我高了大概半个头，却穿着细跟高跟鞋，头微微昂起，颇有气质。

“她是圣洛瑞戈王国继承人，也就是我哥哥的女儿。”

“什么？”她惊呼了一声，转过身放肆地打量着我，脸上多了一丝嫉妒的神色，然后她朝我举起了酒杯。

我茫然地盯着她看了好几秒才回过神来，感觉到亚伦用炙热的目光注视着我，我顶着压力学着他刚才的动作举起酒杯笨拙地与她碰了碰杯，然后轻轻抿了一口酒。

天啊，真难喝。

只是一小口酒就让我脸上的表情扭曲了起来。

我好不容易缓过来，却见她依旧笑眯眯地望着我，还冲着我摇了摇她手里空空的杯子，像是在暗示什么。

不就是喝光吗？

我也挑衅地扬扬眉，举起杯子直接将剩下的酒大口大口喝光了。

“公主喝酒的方式……真是独特啊。”谁知道我刚放下杯子，还有些没反应过来，她就已经笑着丢下一句话从我身旁走开了。

我愣愣地握着杯子，抬头便对上了亚伦的目光，只听他说道：“你被人耍了，不知道吗？酒不是这样喝的，下次做事情之前动动脑子行不行？”

我本来就不想喝酒，被他这么一说突然有些委屈了，将酒杯随手往桌子上一放。

他却没有在意我赌气的举动，拿起我的杯子，又往里面倒了一些酒，递给我。

我没好气地接过杯子，转身冷冷地背对着他，却被他强硬地扳着肩膀转身面对他。

“你看看今天到场的这些人，这都是你以后需要认识的人，现在我告诉你他们的名字，你必须全部记住。”

“这怎么可能记得住？”我条件反射般地回了一句，“不要开玩笑了好不好？你以为我是多啦A梦，有记忆面包吗？”

“那是你的事。”他冷漠地扫了我一眼，用不容拒绝的语气告诉我，“这是命令，你必须完成！”

“我可不是天才……”

“好了，现在开始了。我不管你用什么办法，总之你必须全部记住。你要是听漏了，我也不会重复。最左边角落里穿白色西装的人是……”

亚伦完全不顾我的抗议，径自给我一个个介绍起来。他说得很详细，并非只说名字而已，还告诉了我那些人的身份、地位。

可是他说得越详细，我听得越混乱。很多时候我连人都还没有找到，他就已经介绍完了。再看过去，一切又变得混混沌沌的了。再加上那些人总是在走来走去，不断改变位置，所以……

都谁是谁啊？

听了大半天，我什么都没有听懂，亚伦却还是一直在介绍，就好像我是录音笔，能把他的话全部录下来一样。

疯子！

4.

我麻木地听着亚伦一个个介绍着宴会上的人，到最后几乎昏昏欲睡了，宴会总算结束了。

亚伦没有多逗留，拉着我从侧门离开了。

上了车，把我丢在后座上，他一言不发地开了很久的车，直到会所完全消失在身后才在路旁把车停了下来。

不知道现在是什么时候了，街上一个人都没有，安静极了。

我坐在后座上，懒洋洋地靠着坐椅望向窗外。

月凉如水，光芒洒在树叶上，如梦似幻，让人忍不住着迷。虽说不习惯这样的静谧，我也在不经意间融入了进去。

亚伦的声音响起，将我的思绪拉了回来：“累吗？”

他这么温柔的询问让我有些发怔，又听他接着说：“今天宴会的场景你也看到了，表面上大家很和谐，其实暗藏钩心斗角。和你打招呼的那个女人，是诺尔斯公爵的女儿。公爵想要做圣洛瑞戈王国的君主，所以想方设法与其他官员勾结起来。而尼亚侯爵也私通外国，建立起了自己的势力。”

“嗯？”我有些发蒙。

“现在圣洛瑞戈王国正处于水深火热之中，因为继承人没有确定，所以国内各个派系开始了自己争权夺势的行动。国家需要一个靠得住的人来管理，如果没有一个说得上话的人，迟早会分崩离析。”

“好麻烦。”我总算将他的话弄明白了，虽然还是乱七八糟的，但是知道他的意思就是想让我马上接下继承人的担子，平复国内的动乱。我撇撇嘴，不快地说道：“这么麻烦的事情，我才不要去做！”

“你不做谁做？”他突然提高了语调。

我被吓了一跳，却见他转过身瞪着我，眼里全是怒火，帅气的脸上带着明显的怒气。

“我凭什么要做？”被他这么一瞪，我也生气了，挺直腰板吼了回去。

“这是你的国家，你爸爸是国家的第一继承人。这本来就是你们应该承担的责任，他离开了，责任就落在了你的身上！”

好一个大义凛然的我的国家，呵呵！

我在心里冷笑了一声，然后直起腰反驳回去：“国家风平浪静没有任何事情的时候，你们怎么没想到这是我的国家？我和妈妈这么多年过着艰难日子的时候，你们怎么没想到这是我的国家？现在有麻烦了，掌控不住了，又用这种话来教训我！”

“当初是你爸爸自己选择放弃的，我们也说过，如果不是到了万不得已的时候，怎么会来找你？”

他再一次逼近我，那种压迫感让我的心狂乱地跳动起来，像打鼓一样，怎么也平静不下来，我忍不住往后缩了缩。尽管他在前座我在后座，可是这种距离仿佛不存在一样，那种压迫感让我很难受，难受得想要打开车窗透透气。

但我依旧没有妥协，尖锐地说：“如果这么好，你怎么不去做？你也是继承人，只要你们装作没有找到我，你就是理所当然的第一继承人。为什么你要将这些事情推给我？你什么都会，而我全都要从头学起。如果不是因为这件事情很麻烦，你会将它推给一个完全不能胜任的人吗？”

“我……”他的脸色一白，突然哑口无言了。

许久，他才说出一句苍白无力的话：“你是公主，就要承担公主的责任。”

“我不！”我想也没想就否决了。

“你必须承担！”他强硬地说。

我冷冷地一笑，再也受不了车子里这种气氛，推开车门跳了下去，冲着他扔下一句：“我才不是公主，我就是一个普通人而已。我也不要做公主，谁爱当公主你们找谁去吧！再见！”说完这句话，我脱下高跟鞋往车子里一扔，狠狠地甩上车门，朝深沉的夜色里跑去。

我知道亚伦也下了车，但是他没有追过来，只是在我背后喊道：“这是命中注定的，你就是公主，你不当也得当！”他的语气很冷，像地狱使者一般，带着凉意。

突然起风了，吹得树叶沙沙作响。

第五章 05

在他的怀里放声大哭

CHAPTER

1.

又是一个阳光明媚的清晨，微风轻柔地吹拂着大地。

而我正在卧室里忙忙碌碌地打扮着自己——故意压低遮住半张脸的鸭舌帽、超大的黑框眼镜、肥大的运动服。

我特地比平常起来得早了一些，细心打扮了一番。

看着镜子里的自己，我差点儿就要认不出来了。虽然说还是那件洗得看上去有点儿发白的运动服，但是头发一束，帽子一戴，就感觉像变了个人一样。

虽然说起来得比较早，但是这样倒腾了一阵子后时间也不早了。我从卧室里出去，顾不上吃早饭，拿了几片面包就往外面跑。

一天的日子又这样平静地开始了。

和美琪一起跑到学校后，我踩着上课铃声进了教室。今天正巧后门是开着的，老师也没有在教室里面，我鬼鬼祟祟地从后门溜了进去，迅速奔到自己位于角落里的位子旁。

坐下。放书包。拿出书本。

我刚把准备工作做好，就看见老师抱着教科书踩着小碎步走进了教室。

我撇撇嘴，拿起书随意地翻着。

老师把书往讲台上一放，扶了扶眼镜，怪腔怪调地说道：“同学们，最近风气有点不对啊！”

头一次听到她嘴里冒出“风气”两个字，一直埋头假装看书的我忍不住抬起头看了她一眼，然后……就发现她也恰巧朝我的方向看了过来。

不不不，不是看我。

可是我的自欺欺人并不管用，她根本就是看着我，看一眼还不够，还意犹未尽地打量了一番。

我被她诡异的目光弄得浑身发麻，刚想低下头避开她的视线，却见她把头偏向了别处，清了清嗓子，继续怪腔怪调地说：“现在的人啊，去童装店买了一个帽子还以为多好看，上学都非要戴着。算了，戴着就戴着吧，我们上课。”

“哈哈！”

她的话音刚落，全班同学都哄堂大笑起来，左右张望开始寻找老师说的那个人是谁。

瞬间，我就感觉到所有人的视线都落在了我身上。

我闷闷不乐地将头埋了下去，不去看他们，却因为整个人都沐浴在目光之中而觉得脸上火辣辣的。

我知道她这样拐弯抹角的嘲讽就是想让我自己知道羞愧取下帽子，可我偏偏就不！从童装店买的帽子怎么了，我就要戴！

“安静！上课！”

老师严肃的声音再次响起，同学们的笑声戛然而止，一种诡异的气息在空气中流淌着，让人感觉很不舒服。

我就这么趴着，困意立刻袭来。我借着帽子的掩护，昏昏沉沉地睡了过去。

再醒来的时候，老师已经不在讲台上了，不知道这帽子是不是真的将我的脸全部挡住了，我头一次上课时睡得这么安稳。

我揉了揉还有些蒙眬的眼睛，轻轻打了一个哈欠，抬起了头。

突然——

“啪”的一声，一个作业本重重地落在了我的桌子上。

“谁？”我条件反射般地从座位上跳了起来，想也没想就大声问了一句。

瞬间，所有人都转过头朝我的方向看了过来。在看到我的帽子以后大概又想到了老师的话，顿时哄堂大笑。

而李敏英不知道什么时候已经站在我面前，依旧是一副惯有的高傲姿态，双臂环抱在胸前，目光带着嘲讽，居高临下地看着我。

她本来就高，又刻意露出这样藐视的目光，让我有一种强烈的压迫感。

这时，她尖锐的声音在我耳边响起：“林晓琳！”

哼，谁怕谁！

看着她不怀好意的样子，我知道接下来没有好事发生。我挺起胸膛，和她对视着：“有话快说，有屁快放，我可没有那么多工夫和你闲扯，我很忙！”

气势！

面对这种人首先就不能输在气势上！

“哎哟，你也有忙的一天啊，我看你刚才不是还在睡觉吗？难道是忙着做梦梦见自己变成公主？还是梦见有帅哥爱上你啊？”谁知道她接过我的话头讽刺道，然后哈哈大笑起来，还故意扬起声音，目的就是让整个教室里的人都听见。她的目光一直锁定在我的身上，笑容让我浑身发毛。

“还是说……忙着偷偷看儿童连环画，又或者是孙悟空、喜羊羊之类的动画片？”

“你……你才看动画片！”我气得脸涨得通红，没好气地吼道。

“难道不是吗？”她故意做出不敢相信的样子，伸手戳着我头上戴着的黄色鸭舌帽，突然逼近我，直视着我的双眼，喷出的气息扑在我脸上，让我难受得不行，“看来我们的林晓琳同学是越活越回去了呢，还来上什么学啊，干脆回到幼儿园去好了。幼儿园的老师们可是每天都会带着大家玩老鹰捉小鸡的游戏哟，叽叽叽……哈哈哈！”

“林敏英，你别太过分啊……”我的脸涨得通红，大吼道。

“哼，我就是想看看你戴帽子到底是为了遮掩什么？”

说完，她用力推了我一把，我跌回了座位上。紧接着她身体前倾，手撑在桌子上，把我整个人紧紧箍住，伸手就要来扯我头上的帽子。

“啊——”

我尖叫了一声，伸手捂住了帽子。

一个天天宅在家里的柔弱妹子和一个每天运动、皮肤晒成小麦色的“女汉子”谁比较厉害？

用脚指头想都知道！

她一把就把我的手从头顶拽开，伸手抓住我的帽子就要掀开。

“住手！”

就在这个时候，一个正气凛然的声音响了起来。

不管说话的人是谁，此时此刻在我眼里都像从天而降的神祇一样！

感觉到李敏英的动作一顿，我慌忙用力推开她，跳了起来，接着就看见了站在她身后、一脸紧张的美琪。

见我没事，美琪才松了一口气，伸手将我拽到她的身后，像保护崽子的老鹰一样，气势汹汹地扯住李敏英的衣领，把她往旁边一推：“谁准你欺负晓琳的？”

太帅了，太霸气了！

美琪的一系列动作看得我双眼直冒红心。

李敏英被狼狈地推到了一边，她回头恶狠狠地瞪了我们两人一眼，目光毒辣极了。

大概是被美琪的气势震慑，好半天她才从嗓子眼里憋出一个字：“哼……”接着，她就离开了。

见她走了，美琪才转过头担心地看着我：“你没事吧？”

“没事。”我摇了摇头。

除了刚才受了一点儿惊吓以外，别的还好，大概是被欺负惯了适应了。哦，不不不，林晓琳你怎么会有这种软弱的想法？

我连忙将这种念头从脑海里赶走，抬头正对上美琪没好气的目光。

“你看看你！”她的语气有些无奈，伸手轻轻推了我一把，“你怎么就不能变得强势一点儿呢？要不是我正好路过你们班教室门口看到了这一幕，你今天又要被人欺负了。”

“嘿嘿嘿……”我只好干笑了两声。

“算了算了，不说你了，反正怎么说也没有长进。你的帽子歪了，我来帮你……”

她伸手就要来帮我扶正帽子。

一想到帽子，我心里咯噔一下，想都没想就伸手想要捂住帽子。谁知道在刚才的打闹中，帽子已经偏得厉害，我的手轻轻一碰，它就从头上掉了下来。

我整个人都呆住了，伸手慌忙想要捂住头，可本来就是靠帽子的禁锢而盘起的头发一下子全部散开，披在肩上。长而柔顺的发丝贴着脸颊，带来一丝清凉。

美琪瞬间张大了嘴巴，不敢相信地看着我。紧接着，她便如我预料中的一样伸手颤抖地抚上了我的头发，尖叫着：“林晓琳——”

我一把拉过她，捂住了她的嘴：“不要声张！”

她被我捂住嘴，只能拼命朝我点头。

我确认她确实不会再大吼大叫后，才半信半疑地松开了她。

刚被放开，她就毫不客气地把玩起了我的头发，还神神秘秘地凑过来，问：“快说，你是不是偷偷去做了什么护理，发质居然变得这么好了。我记得以前你的头发很干燥，像杂草一样，现在……啧啧啧，要是我是卖洗发水的，都可以请你去打广告了，还不用做后期处理。”

有那么夸张吗？

虽然我知道在亚伦的改造下，我确实有了很大的变化，所以我来上学的时候才刻意戴了帽子想要掩饰，可是没想到，这种变化竟然已经这么惊人了。

我忽然想起那天在古堡里，我从镜子里看见自己时忍不住尖叫激动的样子。那样的自己是我以前从来不敢想象的，散发着高贵的气质，就像一个真正的从童话里走出来的公主。

"晓琳，别臭美了，快回答我啊！"美琪伸手在我眼前晃了晃。

我这才回过神来，支支吾吾地说："我也不知道……大概是最近换了一种洗发水的原因吧……"

"什么牌子的洗发水？效果居然这么好！"她叽叽喳喳地继续追问道。

就在这个时候，一个尖叫声在不远处响了起来，声音尖锐到有些刺耳，但是更让我惊慌失措的是她的话："啊！林晓琳，你什么时候换了包了，这不是香奈儿的吗？"

转眼之间，教室里原本已经平静下来的人又都转过头将目光投向了我。

我有一种自己快要被目光扫射成马蜂窝的感觉，只想挖个地洞钻进去。

我硬着头皮干笑着对那个女生说："是你看错了，真的，是你看错了！"为了增加可信度，我还把包提起来放在她面前让她仔细看看，"你看看，这就是地摊上买的仿品而已，我妈妈那么小气的人怎么会给我买正品。"

天啊……

这个包是亚伦塞给我的，当时我也就看着好看就用了，不知道是香奈儿的。

本来以为换了包这种小事没有人会发现，可是没想到……

天啊，谁来救救我？

就在我在心里哭天抢地，叫天天不应叫地地不灵的时候，又一个声音将我彻底打入了地狱——

“看，她脖子上戴的项链好像是全球限量版的！”

顿时，教室里炸开了锅。

“是哦是哦，那个包是香奈儿的正品，仿品不是这个样子的啦！”

“哇……林晓琳这是中大奖了吗，怎么才几天不见就突然变得这么有钱了？”

……

我抬起头张望了一下四周，明明只有十几个人，却仿佛有无数双眼睛从不同方向望着我，让我坐立不安。

等我想起美琪还在面前，重新将目光投向她的时候，却见她脸上带着受伤的神情。

“美琪！”她那种表情让我感到十分不安，我伸手想要拉住她的手，她却一把将我甩开了。没想到她会突然这么做，我被她一甩，踉跄地往后退了几步，身体抵在后面的桌子上。我可怜兮兮地望向她，眼里全是乞求：“美琪，你听我解释，有些事情我暂时没有办法跟你说清楚。”

“解释，有什么好解释的？林晓琳，我们从小一起长大，无论发生什么事情都从来没有隐瞒过对方，可是这件事情你为什么要隐瞒我？你是担心我会贪图你的钱财吗？我是那种人吗？还是你有什么别的想法？”她气得直跺脚，脸涨得通红，双手叉腰怒视着我，眉头紧紧皱了起来。

“我真的不是……因为这件事情很复杂，一时之间我也不知道该怎么和你说清楚，所以我就没有告诉你。但我也没有打算一直瞒着你，本来想等时机成熟才告诉你的，可是没想到会发生这样的事情。”我急了，又要去拉她，她却后退一步躲开了我。

她一边摇头，一边一步步后退，满脸失望：“你要我怎么相信你？刚刚还骗我说你的发质变好是换了洗发水的原因……”

“我……”我急得满头是汗。

关于亚伦和我真实身份的事情，连我自己都没有做好心理准备，所以更没有想过要怎么去告诉其他人。

可是我忘记考虑我的隐瞒会带来怎样的后果，对于现在这样的局面更加没有心理准备。

我手足无措，就快要哭出来了。

美琪却在我的眼泪从眼眶里滑落的一瞬间转身跑出了教室。

“丁零零！”

紧接着，上课铃响了起来。

我心乱如麻，完全没有上课的心思，随手拿起放在椅子上的包就往教室外面跑去。

2.

刚打上课铃，走廊上乱成了一片。

美琪先我一步离开，再加上人群这么一阻挡，我挪不开步子，只能眼睁睁看着她消失在我的视线里。

走廊好不容易清静了，我快步跑到美琪的教室门外，探头往里面看去。老师已经站在讲台上开始讲课了，教室里安静得只剩下笔与纸摩擦的沙沙声。美琪就坐在后门不远处，埋头做着笔记。

她知道我在教室外面。

我们从小一起玩到大，那么熟悉，她又怎么会不知道我跟在她后面跑了出来呢？

可她就是不愿意转过头来看我，她宁愿用这样的方式表示对我的不满。

看了好几分钟，我才收回目光，默默地靠在教室外面的墙壁上，透过走廊的窗户望着外面。

今天的天空格外蓝，万里无云，一望无际。走廊里亮堂堂的，很干净，偶尔会传来琅琅读书声。

我只感觉到一阵疲倦，垂着头望着地面。现在回教室也不是，站在这里也不知道要做什么……

“唉……”

我叹了一口气，心里有些压抑。

就在这时，我的视线里出现了一双白色的球鞋，正慢慢朝我靠近。

走到我面前的时候，那个人总算停了下来，我还没来得及抬头，轻柔的声音便在我耳边响起：“晓琳，你没事吧？”

“佑……佑赫哥？”我诧异地抬起头望向面前的人。

佑赫哥穿着一件干净的白衬衣站在我面前，如同天使一般。他的脸上是温柔的笑容，双眼微微弯起，像月牙一样。

他伸出手来轻轻揉了揉我的头发，低声安慰道："不要看美琪刚才对你那么心狠，她知道你会跟在后面，所以偷偷给我发了短信让我来看看你。晓琳……别难过了，要是再这么苦着脸会变丑的。"

"是吗？"我低声喃喃道。

他肯定地点点头，那坚定不移的目光让我一直悬着的心放了下来："真的，就算你不是公主，也是全世界最可爱的女孩子。"

轻柔如羽毛般的声音缓缓将我心中的所有不安都抚平了。

我这才挤出一丝笑容，冲着他点了点头，握拳比画了一个"必胜"的手势，信心十足地告诉他："我会继续努力的！"

"嗯，那赶紧回去上课吧。我也要回教室了。"

"好！"我挥手和他告别后，又沿着原路返回了教室。

佑赫哥的话让原本有些沮丧的我重新充满了力量，所以就算回到教室面对老师的责骂和同学们充满惊愕的目光，我也仍旧保持着笑容。

林晓琳，你会变得越来越好的！

3.

时间就这样过去了。

虽然对于我发生了这么大的变化，大家传出了许多闲言闲语，但是那些话顶多让我不舒服一会儿。

别人说得越多，就越说明她们嫉妒我。

既然有人闲着没事做愿意花时间来嫉妒我，我又何必露出一副不高兴的样子呢？

一天就这么结束了，到放学回家的时候我都没有再见到美琪。

和她认识这么久，我很了解她，虽然她嘴上说生气了，但更多的是难以接受，就像我第一次遇到亚伦的时候，我也难以接受自己是公主的事情一样，所以我并没有去找她。有了上午佑赫哥带给我的话，我就足够安心了。

一夜过去，又是清晨。

明明已经是暮春，今天的清晨却起了薄薄的雾，如纱一般笼罩着整个世界，让往日明亮的太阳也变得有些遥远朦胧。

我像往常一样嚼着面包，背着书包冲进了学校。为了显得不那么注目，昨天放学回家时我还特地在学校外面的小店逛了一圈，选了一顶看上去十分普通的贝雷帽。

我戴着贝雷帽，一边冲进校门，一边扬扬得意地感叹这次老师没有办法再找话题来找我碴了。

就在这时，前面的路忽然被人群挡住了。

虽然说平时也有很多和我一样起来晚了总是顾不上吃早饭跑来学校的人，可是也不应该像今天这样壮观吧？

我站在校门口，只见前面人山人海，全是穿着各种各样衣服的学生。他们围成了一个大大的圈，挨挨挤挤的一大片，站在外围的我完全看不清发生了什么事情。

一个花痴的声音响了起来："快看快看，那个男生好帅！"

"啊……他刚才往我这边看了一眼！怎么办？我的心跳好快！"紧接着另外一个声音响起，似乎冒着粉色泡泡。

"他简直就是我生命里的阳光……"又一个花痴女的尖叫响起。

天啊，到底发生了什么！

我真想快点儿绕开人群跑进教学楼，可是浓烈的好奇心让我怎么都迈不开步子。

就在这时，人群之中不知道发生了什么，传出一片喧哗声，闪光灯一个接一个闪烁起来。

我在原地蹦起来，想要看看到底发生了什么事情，却见最里面那层不是学生，而是带着专业摄像机的记者们。

"林晓琳在这里！"蓦地，一直站在我旁边的一个男生转过头，在看到我的一瞬间立刻扯着嗓子大喊起来。

"唰——"

我还一头雾水不知道发生了什么事情的时候，就见所有人齐刷刷地转过头朝我的方向看了过来。明明刚刚还拥挤不堪的人群就这样在我的面前自动分开，为我让出一条路来。

而在那条路的尽头，亚伦高高抬起下巴，目光悠然地望着我。今天的他穿着比较正式的西装，就像往日我在电视上看到的一样，无比帅气。他那双异于他人的蓝色眸子就像蓝宝石，比阳光还闪耀。

如果他只是一个我在路上偶然看见的人，我也会像那些女生一样握着拳头，两眼冒红心地对着他犯花痴。

可惜不是。现在的他之于我，是一种负担，甚至是噩梦。

我一看到他就头疼，转身想跑，却发现身后被人群堵住了，他们正好奇地打量着我，窃窃私语着。

刚才还喧哗吵闹的人群，现在却只是低声细语，像是逼迫着我开口说话来改变这一切一样。

被逼无奈，我只能转过身，硬着头皮面对他。

“过来。”他一直紧抿着的嘴唇轻轻张开，冷冷地命令道。

我强硬地拒绝：“不！”

“咔嚓——”

话音刚落，刺眼的闪光灯再一次让我完全睁不开眼睛。我只觉得眼睛被晃得生疼，眼泪不由自主地流了下来。我用手背抹掉脸上的眼泪，看见那些拿着摄像机的记者已经兴奋不已地将我包围了起来。

“林晓琳小姐，请问你是什么时候知道你是公主的事情的？”

“林晓琳小姐，听说现在圣洛瑞戈王国面临着没有君主主持国事的困难，你要什么时候才会回去继承王位呢？”

“林晓琳小姐，据说你一直都是生活在一个普通的家庭里，对于突然变成公主，你有什么看法呢？会不会不适应，还是很快就接受了这样的身份……”

一个个问题像连珠炮一样铺天盖地地将我淹没。

“我……”我刚想开口，却发现舌头像打结了一样说不出一句完整的话来，

“我，我……”

那些记者完全不给我喘息的机会，争先恐后地举着话筒推着、挤着，数不清的摄像头齐刷刷地全部对准我。我只能拼命地望向亚伦，眼里充满了求救的意味。

“林晓琳小姐……”

“我不知道！”我抱着头难受地冲着他们大喊了一声，“可不可以不要问我，我不知道不知道不知道！”

如果看到这种大场面时就预料到一定会有不平凡的事情发生，我一定早就拔腿跑开了。

听到我撕心裂肺的尖叫声，亚伦总算一步步朝我走了过来。

见亚伦过来，记者们连忙转身朝他拥了过去。

趁着这个机会，我双手抱头，弯着腰朝人群外冲去。本来就挨挨挤挤的人群，被我这么一冲，顿时混乱了。

我不管不顾，闷头往外挤。

在挤出人群的那一瞬间，我似乎看见亚伦的目光带着阴翳。

不不不，一定是错觉。他在应付记者，怎么会有空张望我在哪里？

快跑吧……

我像一只老鼠一样，灰溜溜地朝学校外面跑去。

身份曝光，我也不可能回学校上课了，可我又不能回家。我能够想象到现在家门口正停着一辆加长的豪华轿车，里面坐着穿着黑色西装、戴着墨镜的保镖，正严密把守着家门，如果我回去就是自投罗网。

我只感觉心里一片混乱，头也不自觉地疼了起来。尽管薄雾散去了一些，看在我眼里却更浓了。我的整个人生都被一片雾霾笼罩着，让我不知道应该前进还是后退。

公主的身份曝光了，平静的生活不再，我该怎么办？

4.

我茫然地在大街上走着。

街道上的人们不知道学校里面发生了什么事情，依旧摆摊的摆摊，行走的行走。过了早上上学的热潮，又迎来了上班的高峰，车辆拥挤无比。

走了许久，我才怔怔地发现自己进了一个离学校不远的游乐园。游乐园刚开门，各种游乐设施都还在维护中。工作人员匆匆地与我擦身而过，也没有人过问我为什么这么早就来了。

游乐园里五颜六色的，永远都是那么喜庆。一排排水杉树绿油油的，让空气中也带着淡淡的清新的味道。

入口处是一座大大的摩天轮，每一个座舱都是粉嫩的颜色，侧面有一个爱心形状的小窗户。

我默默地从摩天轮旁边走过，又看到了旋转木马。工作人员还在调试灯光，木马就这样安安静静地立在那里。

走了许久都没看到正常运行的游乐设施，我忽然有些累了，目光往旁边一瞟，正巧看见孤零零的儿童设施。大概是用的人太少，那些设施已经很久没有维护，显得有些破旧萧条。

红色的滑梯上有几片落叶，还蒙着一层薄薄的灰尘。我捡起那几片落叶，从包里掏出一张纸巾擦了擦滑梯上的灰尘，然后坐了下来，屈起双腿，双手抱腿，将下巴搁在膝盖上望着地面。

没有人会知道我在这里吧……

我呆呆地笑了起来。

就在这个时候，一阵奇怪的声音引起了我的注意。我木然地抬起头，正好对上了刺眼的闪光灯。

“咔嚓——”

“在那里！”一个年轻的小伙子大吼了一声。

紧接着，黑压压的人群出现在我面前。他们扛着摄像机，拼命朝我跑了过来，在看到我以后更加激动了。

这是怎么回事？我离开的时候明明谁都没注意到，为什么他们能找到我？亚伦呢……亚伦不是在应付他们吗？

他们一窝蜂地冲了过来，将我围在了中间，让我无法逃离。

一个个话筒从四面八方对准我，就像一个个枪口一样，让我压抑得快要发疯了。

“啊啊啊！”我紧闭着双眼，忍无可忍地大吼了起来，“你们放过我好不好，放过我好不好？我求求你们了！”

就在这时，我忽然被一双手轻柔地抱住了。那双手十分有力，稳稳当当地将我搂进温暖的怀里，让我刹那间觉得可以什么都不去想。

“让开！”

亚伦的声音在我耳旁响了起来，依旧是命令的语气，却头一次不是对着我，而是对着人群的。他的声音冷冰冰的，不带一丝感情。

空气一下子就像结冰了一样。

随后，亚伦承诺会召开记者会说明一切真相，便搂着我向车子走去。

我将头埋在他的怀里，心突然加速跳动起来。

为什么此刻，靠在最讨厌的人怀里，我反而感觉到了浓浓的安全感呢？就好像有了他，我就什么都不用担心了一样……

不不不，林晓琳，你在想什么？他可是恶魔，让你的生活变得这么混乱的罪魁祸首！

我在心里提醒了自己两句，可还是无法让心跳平静下来。我干脆不去想这件事情，闭上眼睛就当休息。

大概是好久没有这么安心过了，靠在他的怀里，我竟然不知不觉地睡着了。

5.

“该下车了。”

“别吵。”

“林晓琳，给我醒醒，到了。”

什么到了？

我正做梦啃鸡腿呢，到底是谁这么烦？

我挥舞着双手想要赶走那个打扰我做梦啃鸡腿的人，手腕却被人狠狠地握住了，疼痛瞬间让我难以忍受起来，我睁开眼就要破口大骂，却正对上亚伦那张迷人的脸，已经到了嘴边的话又被我憋了回去。

“嘿嘿嘿……”我对着他傻笑了两下，这才回想起之前发生了什么事情。

虽然他是这件事情的罪魁祸首，可是看在他刚才救了我的分上，我对他的恶意没有那么浓厚了，反而还带着微微的感激。

可是这种感激在他下一句话说出来的瞬间就完全消失了。

他说：“林晓琳，作为一个公主，面对媒体是你最基本的义务。我发现你不仅不会应付媒体，而且面对这种事情的时候只知道逃跑。跑有什么用，跑了就可以不用面对吗？身为公主的你就那么喜欢把自己懦弱胆小的一面展示给大家看吗？”

他声音高昂，说话的时候每一个字都咬得很清晰，像是故意强调给我听一样。那张好看的脸也板了起来，眉头紧锁，目光犀利。

“我又没有面对过媒体，你也没有教过我，我怎么会应付？我都不知道该说什么，他们还一直问，很烦人！”我本来就十分委屈，被他这么一说，一股脑地将心中的苦水都倒了出来。

“再烦也是你以后要经常面对的事情，你不应该跑。”

“不跑我要做什么？”我仰头反问。

旁边就是古堡，我们却都没有要进去的意思，就待在车厢这个狭窄的地方吵了起来。他的气场本来就比我强大得多，又困在这种小地方，我显得更加没有底气了。

可是一想到面对黑压压的摄像头和话筒的情景，我的心里就一阵难受，胃也跟着翻腾起来。

我怨恨地盯着他，整张脸都垮了下来，嘴巴一噘，指控道："你有什么资格数落我？这一切不都是你害的吗？如果不是你，我根本不需要去面对这些。你那么有能耐能够处理好一切，你怎么不自己去当继承人，非要把我抓来当替死鬼？"

"林晓琳！"大概是戳到了他的痛处，他的脸色变得更加阴沉了，目光也暗了下来，阴森地望着我，咬牙切齿地说道，"每一次我跟你说话的时候，你就跟我扯这些。说这些有什么用，你知不知道这都不是你逃避的理由！说再多也不能改变你懦弱、胆小的毛病，也不能改变你在学校总是被人欺负的事实。你为什么要任由他们欺负，凭什么任由他们欺负。你想过吗？你没有！这就是你，像杂草一样，活在自己的幻想里，不愿意面对残酷的世界。这就是你，林晓琳！"

他的话音落下后，我整个人都怔住了。

他话中描绘出来的人，是最真实的我，也是我最不愿意承认的自己。

我知道我自己懦弱胆小，所以总是被人欺负，很多时候都要美琪来保护我，这些我都知道。

可是我从来不觉得这些事情会给我的生活带来多大的影响，所以我都忍了。

他们爱欺负我，我就让他们欺负。

我从来没有想过凭什么我要被他们欺负。

可是……可是这些事情亚伦怎么会知道?

我感觉仿佛有一双手正在撕扯我的灵魂，然后逼迫着我去看清我自己，那种强烈的压迫感让我的心生疼，眼泪早已掉出眼眶。

我再也忍不住了，双手捂住脸，低低地哭了起来：“呜呜呜……我知道自己有很多缺点……你为什么要说出来……”

亚伦沉默了。

一时之间，车子里只剩下我的呜咽声，久久不绝。

许久后，我感觉到一双手轻轻拍着我的背，然后将我搂进了他的怀里。迟疑了良久，他才艰难地开口：“对不起。其实我也考虑过公开你身份的后果，可是没想到对你的伤害会这么大。是我的错，以后这种事情不会再发生了，我会先考虑你的感受……对不起……”

他低低的道歉声在我耳边一遍遍回响着。

这大概是他这辈子头一次这样放低姿态，对人说出这样的话。

我的脑海变得一片空白，却无法止住眼泪，还是一直哭泣，加上本来就刚醒，脑子还混混沌沌的，哭着哭着，我又一次睡了过去。

第六章

06

CHAPTER

亚伦的道歉信

1.

暗黄的灯光洒在屋子里的每一个角落。

我躺在柔软的床上，怔怔地睁大眼睛望着天花板。我刚醒，脑子还迷迷糊糊的，好半天都不愿意动。

这是一间宽敞的屋子，家具齐全，而光芒正是来自床边的落地灯。

我头一偏，便看见了一张俊美的脸，在灯光的照耀下，更加迷人。

亚伦的双眼紧紧闭着，长如羽翼的睫毛轻柔地覆在眼睑上，薄如花瓣的双唇轻抿着。他一只手撑在床上，整个身体靠在床头，安安静静地睡着。面对这么多的烦心事，他大概也很累了，睡得很沉很沉。熟睡的他没有了平常的那份霸道和戾气，变得温柔起来。

我轻手轻脚地从床上爬了起来，本来想整理一下被子，却又怕动静太大吵醒他，只好作罢。

我睡了那么久，睡前 '哭过，只觉得眼睛干涩，又十分口渴，便抬起头在房间里张望了一圈，想找找有没有茶水，可是并没有找到。

我有些懊恼，刚才还夸屋子里家具齐全，现在发现居然连茶水都没有。

可是仔细想想，亚伦这一次大概也是为了我的事情暂时住在这里，他终究要回圣洛瑞戈王国，这里设施简单了一点也说得通。

我胡乱揉了揉头发，低头在地上找了半天才找到拖鞋，穿上鞋抬起头，目光忽然落在了桌子上。

精致的暗红色檀木桌上放着一张对折的白纸，暗亮两色对比，显得有些格格不入。

我本想继续去找水喝，心里却有一个声音催促我看看那张纸上的内容。

好奇心最终战胜了口渴的感觉，我蹑手蹑脚地绕过亚伦去拿那张纸，又跑到落地灯旁，才小心翼翼地展开纸张。

刚一展开，我就被纸上密密麻麻的字吓了一跳。

没想到亚伦这么暴躁的一个人，字不仅不丑，还挺工整。如果不是刚刚看到他睡觉时安静如天使的模样，我一定会以为这信不是出自他的手。

我偷偷回过头瞟了他一眼，见他睡得很沉，才开始慢慢看起了那封信——

晓琳：

很抱歉我的出现让你的生活变得困扰，这并不是我的本意。

今天的事情过于唐突，的确是我处理不当，但是骄傲让我不容许自己向你道歉。我知道我的那番话伤害到了你，希望你能感受到我的歉意。

你是一个好女孩，也有自己的个性。我们从小生活在两个不同的环境中，让我很多时候无法很好地理解你，也让你无法在短时间内适应这种王室的生活。有些时候我都没有预料到自己说话会那么重，可能只是一种条件反射，其实我没有恶意。

不过你也太粗鲁了，走路大大咧咧，说话没轻没重，这样可不能成为一个合格的公主。我知道每次到了这种时候你就告诉我这并不是你想要的。但你的血缘注定了你要承担这一切责任，与其逃避，倒不如想想怎么面对和承担。或许以后的某一天，当你成为圣洛瑞戈王国的女王后，再回想起现在你的那些小性子和想要放弃的冲动，也会把它们当成笑话。

好吧，大道理我就不多说了，这些其实你都懂。

现在我也该让你清楚我给你制订的改造计划了。

公主可不是每天享受生活的好差事，作为继承人，你还要学会怎么和其他国家的使者打交道，怎么处理好国家内部的各种关系。

在尔虞我诈的官场里，心理素质是最重要的，等经历多了你会发现面对媒体简直是小事一桩。以后我会让你多在公众面前出现，锻炼你的应对能力和心理承受能力。当然，这些事情不会像这次这么突然了，我会提前通知你，就像考试一样，也让你有所准备。

每个人都有自己的弱点，你现在最大的缺点在于不但不敢面对自己的弱点，还拼命想要隐藏。掩耳盗铃的故事很早就听过了吧，你以为你藏得很好，自己都快被骗过去了，可是旁观者都看在眼里。何不把它们暴露在外面，花些时间去让自己变得完美呢？

最后，也是目前最重要的一点——形象。

继承人的一举一动都代表着整个国家的形象，而你的仪态……确实不符合上流社会的要求，这不仅仅是靠外表、打扮就能弥补的，举手投足的姿态比外貌更加重要。

另外，诗词歌赋，不强求你样样精通，但是谈起来的时候也不能在口头上输给别人。

这些算是我目前对你的最低要求了。

虽然你现在很糟糕，离公主的标准还很远，但我会给你足够的时间去改变的。

晓琳，加油，相信自己！

我也会相信你，你一定能行的！

亚伦

这种温和轻松的语气，对比亚伦平常惯有的严肃冷漠形象，还真让我有些不习惯。所以在把信看完一遍以后，我又再看了一遍，才确定是他写的。虽然说语气很轻快，可暗藏的挖苦还是看得出来的。

不过用这种方式说出来，已经让人很容易接受了。

我将信重新对折好，轻手轻脚地回到床边，把信放在了床头。刚准备离去，我顿了一下，轻轻垂下眼帘望着一旁的亚伦。

这是我头一次这么近距离地看他。亚伦脸上的肌肤细腻极了，微热的气息轻轻扑在我的脸上，痒痒的。

亚伦总是喜欢拉近距离逼迫我看着他的眼睛与他说话。可是每一次我都感觉很压迫，根本不敢目不转睛地盯着他。现在有了这种机会，我几乎贪婪地将他仔仔细细看了个够。

很帅很帅。

帅得让我几乎窒息。

我只感觉自己的双颊骤然发烫，那滚烫的温度让我瞬间清醒了过来。生怕他在我的注视下突然醒来，我连忙直起身子收回目光，假装什么事情都没有发生，像一阵风一样跑出了房间。

出去以后，我才轻轻喘息了两下，努力让自己怦怦直跳的心平静下来。

大概是睡得太舒服，所以起得也早，还是清晨六点，古堡里面静悄悄的，弄得我大气都不敢出。

我在大厅里溜达了好半天，忽然听到有声音传来。

我蹑手蹑脚地走过去，看见厨房里有一个慈祥的老奶奶低着头正在准备早餐。她的动作很慢却很精细，专心地做着蛋糕，柔软的奶油被她雕刻出各种图案。

在我刚靠近厨房的时候，她停下了手中的动作，抬起头望着我。

没想到她会这么快发现我，我有些窘迫，却又不敢转身就跑。

老奶奶长得慈眉善目，在看到我这个不速之客后也只是和善地冲着我笑了笑，用苍老的声音缓缓地说道："公主殿下，您醒了。"

没想到她竟然会这样称呼我，我整个人都怔住了，半晌才在心里接受了这个称呼。

我是公主……

对啊，我已经是圣洛瑞戈王国的公主了，为什么见到她还要跑呢，现在的我应该也算是这个古堡的主人了吧。

我只好故作淡定地点点头："是啊，醒来以后发现亚伦睡着了，我就没有吵醒他，自己出来找吃的。请问您是？"

"我是负责照顾亚伦殿下的生活管家梅丽尔，您可以叫我梅丽尔夫人。"梅丽尔夫人的笑容无比慈祥，比那个严肃刻板的贝伦夫人不知好多少倍。

"殿下平时都是这么早起来，所以我也早早起来为他准备早餐了。他每天那么忙碌，早餐是必不可少的，一定要吃好，才能整天都精神十足。不过这两天因为您的事情，他格外忙，昨天一晚上都没有睡好，大概刚刚睡下吧，所以就不要吵醒他了。"

"刚刚睡下……"

我若有所思地重复了一遍这句话，脑海里浮现出了亚伦靠在床边沉睡的模样，不知为何，心里竟然刺痛了一下。

原来他竟然忙了一晚上，就算忙完了手头的事情，都还不忘守在受了惊吓的我的床边。

"我醒来的时候看见殿下还在忙，本来想给殿下做些早餐的，没想到还没做好他便睡着了。不过也好，公主您醒了，我做的早餐就不会浪费掉了。"梅丽尔夫人慈祥地笑着，凝视着我，忽然叹了一口气，眸色暗淡了一些，"其实……我知道您对殿下有很多不满以及不理解，他做的那些事情在您看来，也许是强迫和伤害。但是我们都知道，他一直在努力地对您好。殿下多希望您尽快成为圣洛瑞戈王国能够主持大局的人。”

我默不作声。

梅丽尔夫人又接着说：“殿下一直努力减少这些不可避免的事情对您造成的伤害，他总是工作到很晚，联系不同的杂志、报社，将媒体的报道减到最少。”

媒体……

提到媒体两个字，我就想到了昨天的场面。

不知道自己躲在游乐园里最狼狈的模样是不是被拍了下来？

不知道媒体会用怎样尖锐的笔触去评判我这个连话都说不出来只知道逃避的公主？

我突然觉得自己很没用！

那么多人为了我在努力着，我却还是像只鸵鸟一样埋进沙里躲避着。可是躲避又有什么用呢，就能让自己变得强大吗？

我的心里一阵悸动，有种说不出的难受。我怔怔地望着面前一脸和善的梅丽尔夫人，好半天才抿了抿干燥的嘴唇，开口说道：“是我……太差劲了，总觉得自己做不到那么好，所以一直想要放弃。我愧对你们。”

“公主您很优秀。”梅丽尔夫人的目光里带着无限鼓励，“我相信您一定不会让殿下失望的！”

“我会努力的。”

我用力地点了点头，目光中充满了坚定。

我林晓琳又不比别人差，别人能做到的我也一定可以做到！加油！以后我要让大家看到一个全新的我，一个敢于面对全世界的我！

我暗暗下定决心。

2.

“公主先去餐厅里休息一会儿，早餐很快就能做好了。再过一个小时，今天的报纸应该会送到，您可以看一看，不管上面是什么样的内容，您都要学会去接受，然后把压力化为自己最大的动力。”

“我知道了。”

梅丽尔夫人交代完后，便又回厨房继续忙碌起来。

我这才突然反应过来，亚伦的早餐竟然是她一个人完成的。这么大一座古堡，不可能没有帮手啊？而且，上次的那个行政管家贝伦夫人看上去四十多岁，这次的生活管家又是一个满头白发的老奶奶，亚伦身边怎么全是年纪大的用人啊！

嗯，算了，这大概是他的癖好吧。

我摇摇头，转身去寻找餐厅。餐厅离厨房不是很远，很快我便找到了。

侍女们正在餐厅里忙碌，打扫卫生，见我进去，都礼貌地向我打招呼。

这是一个很大的餐厅，放着一张很长却不太宽的桌子。桌子是黑色的，上面有着独特的纹路，似乎是一块天然的大理石直接制成的。水晶吊灯像一朵盛开的莲花，悬在上空，将光芒投洒下来，让餐厅里多了一抹暖色。

我拉开一张椅子坐了下来，向侍女要了一杯水后便发起呆来。

过了一会儿，一个侍女推着小推车走了进来。推车有两层，上层放着本市的报纸，而下层放着各种各样的杂志，数量多到让我整个人都愣住了，张大嘴巴呆呆地看着。

侍女将小推车推到我的面前，轻声提示道：“公主殿下，这都是今天的报纸和杂志。”

我这才从震惊中回过神来，连忙清了清嗓子，调整了一下仪态，强迫自己镇定下来。

果然，和王室的人相处多了，很容易受惊啊！

这种霸气地将每天所有报纸、杂志都买下来的事情，一般人实在是做不到。

侍女放下推车便忙碌起别的事情来。

我伸手想要去拿报纸，忽然想起了梅丽尔夫人的话……她说亚伦工作到很晚努力减少媒体的报道，那就代表媒体还是报道了昨天的事情。只是那程度是不是在我的承受范围内，没人知道。

想到这里，我明明已经伸出去的手颤了颤，停顿了下来。

望着那一大堆报纸和封面花花绿绿、标题飞扬的杂志，我有些迟疑。

以前天天看报纸、看新闻、看八卦的时候还不觉得，只是好玩就跟着笑，生气就跟着骂两句，现在自己成了新闻主角，真的是一种很难以接受的事情。媒体的力量向来是不容忽视的，他们只要有了一点儿苗头，就能一直追溯、深挖，甚至能把你自己都记不清楚的事情全部挖掘得清清楚楚。

我甚至都怀疑报纸上会不会出现我从小到大做过的各种糗事。什么考试得了零分，什么在学校里被欺负，什么衣服、裤子穿反了，反正要多傻有多傻、要多愚蠢有多愚蠢的事情都会被报道出来。

如果是这样，那岂不是我以前的那些照片也逃脱不了他们的“毒手”！

想想亚伦辛辛苦苦找人把我打扮得这么美丽，还没来得及在媒体面前曝光，就被报道出头发凌乱、穿着宽大运动服、咬着面包、拎着书包往学校狂奔、邋里邋遢得连我自己都有点嫌弃的样子，真觉得有些不值！

我的手又颤了颤，最终还是拿起报纸慢慢翻开。第一版照旧是国家大事，我往后翻了一页，马上就看到了一个巨大的标题：圣洛瑞戈王国神秘继承人。

整个第二版花了两页来报道这件事情，左边被一张巨大的照片占据了，照片上面是一个头发高高盘起、穿着米色礼服裙的少女。少女正躺在一张柔软华丽的公主床上，双眼紧紧闭着，长长的睫毛弯弯的，盖在眼睑上，静谧如同天使。她似乎做了美梦，嘴角轻轻上翘，扬起一个好看的弧度。

这……这不是我吗？

我惊愕地仔仔细细将照片上的少女看了好几遍，才确定这真的是我，而不是其他人。起码那礼服是我那天穿过的。但是这张照片上的人，惊艳到让我完全不敢去确认！

我继续翻看那张报纸，反正所有关于圣洛瑞戈王国继承人的报道配图都是那张非常完美的照片，而不是昨天我被拍下的慌张逃跑的囧样。

我不由得回想起了老奶奶的话，难道是亚伦连夜联系了媒体，为我替换了照片？

感动在我的心里汹涌地流过，我对亚伦的好感不知不觉中又增加了。

我吸了吸鼻子，努力平复心情，将目光从照片上移开，开始看下面的文字报道。

圣洛瑞戈王国毕竟不是世界著名的大国，所以文章一开始介绍了圣洛瑞戈王国的情况。

接下来，便是对所谓的神秘继承人，也就是我的个人资料报道。

都是普通的、到处可以查到的资料，类似于身高、体重、兴趣爱好等，看上去不像政治报道，反而充满了娱乐性。不知道的人看过了大概会以为报纸今天改版了。

昨天面对媒体时，我基本上什么都没说，所以他们枯燥地将我介绍了一番以后，便转移了方向，关键词成了亚伦，全是他的花边新闻，看来黄金单身汉的名气果然不是盖的。

我一字不漏地看完了整篇报道。

我知道记者要是存心想报道我，什么方面的信息都可以挖掘出来，他们这样写是因为亚伦打了招呼，并且愿意把自己朝枪口上堵。

一种被保护的感觉将我整个人都包围了起来。

以前我幻想中的王室，王子、公主就像温室里的花朵一样，被保护着，不会受到一点儿伤害。现在我才知道，表面上的光鲜亮丽都是用别的东西换来的，我过去的生活虽然贫穷，却充满安宁。

我不需要去管那么多复杂的事情，我可以高高兴兴看报纸、看电视、和死党讨论八卦。没有人会去挑我的小毛病，也没有人会嚷嚷着要改造我……

忽然，一阵脚步声打断了我的思绪。我抬头一看，梅丽尔夫人端着刚做好的早餐走了过来。

她看见我手里拿着报纸，意味深长地笑了笑，将餐盘放在我的面前：“公主殿下请用餐。”

我将报纸放了回去，低头看着面前的早餐——黄油面包、意式蔬菜汤、一小碟水果沙拉。

很棒的样子！

我冲着她眨眨眼，俏皮地说道：“我要开始吃了哟！”然后用叉子叉起面包就往嘴里送。

“公主……”梅丽尔夫人失声叫道，“不是这样的！仪态，仪态！”

呃……

我的手顿在空中，吃也不是，放回去也不是。

哪里不对吗？

难道不是这样吃的吗？

我纳闷不已。

空气似乎凝结了。

好半天我才干咳了几声，尴尬地笑看着梅丽尔夫人。

她也明白了我的窘迫，低头转身离开了。

见她走了，我才放松下来，继续吃早餐。

但是……总觉得哪里怪怪的。

3.

吃完早饭后，我又在古堡里逛了一圈。

古堡对于我来说一直像个复杂神秘的迷宫，这次好好欣赏以后，我总算稍微弄明白了。

但是，古堡外面那个森林一样的院子还是算了。

逛完古堡已经是上午十点了，我才想起自己失踪了一天都没有联系妈妈。虽然确定亚伦会和妈妈说，但我还是用客厅里的座机打了电话回家报平安。明明没有分开多久，却感觉有说不完的话要向妈妈倾诉，等挂电话的时候，已经是半个小时以后了。

我一回头，就看见亚伦站在客厅里面。

他穿着一件黑色的长袖上衣，头发微微有些凌乱，大概是刚醒就出屋子来找我了，漂亮的蓝色眸子里还带着一层迷蒙的雾气。在看到我以后，他微微抬了抬尖尖的下巴，眼睛轻轻眯起：“早。”

“早！”我语气轻快地回答道，“你困不困啊，才睡了那么点儿时间，要不要再回去睡一会儿？”

“你怎么知道？”他想也没想便脱口而出，说出来大概又觉得暴露了自己因为处理我的事情而连夜没睡的事，脸颊骤然染上了一抹淡淡的红晕，眼睛里也飘过一丝奇异的神色。

他是聪明人，立刻咳嗽一声转移了话题：“不用了，我平常也睡不了多久，稍微休息一下就够了。”

“那好吧。”

我冲着他眨巴眨巴眼睛，组织了一下语言才吞吞吐吐地说道：“那个……你放在桌子上的信我看到了。还有今天的报纸，我刚才也已经看过了。谢谢你。平常我对你是粗鲁了一些，我会努力改的。”

亚伦瞥了我一眼，没有说话，但是眼里清清楚楚写着“你知道就好”几个字。

回想起那封信的内容，不知道为什么，我的心里生出了浓浓的逗他的欲望，但还是努力忍住了，生怕一逗弄，他就变回暴怒的狮子。

我学着他的样子，嘴巴一撇，高傲地说道：“不过你要改造我，也要先了解我吧！要了解我，可不是查查资料，知道我的身高、体重、兴趣爱好就行，首先你要走进我的生活。你说你这么精明的一个人，事倍功半的事情不会干吧？”

“哦？”他语气微微一扬，眉毛挑了挑，“你倒是说说该怎么走进你的生活？”

“嗯……”我稍稍思考了一下，“你们王室的生活和我们普通人是不一样的，所以习惯也是很不一样的。我们会在晚上出去溜达逛街吃小吃，这种快乐你都没体会过吧？不过，现在我大发慈悲，只要你点个头，我就带你出去玩玩，享受享受普通人的世界里那些你想象不到的乐趣，那些都是你从来没有体会过的哦！怎么样，心动不心动？”

亚伦听完，迟疑了两秒钟，目光在我身上上下打量了一圈以后，竟然点了点头。

见他点头，我顿时咧嘴开心地笑了起来。

嘿嘿嘿，今天的亚伦居然这么好说话，不知道是不是还没睡醒呢？

见他态度和气，我得寸进尺起来："以后你要多尊重我，不能每次都用绑架的方式把我带到这里来。我又不是那种不讲道理的人，你跟我好好说，没准我就答应了。每次搞得那么惊险刺激，我还以为自己在拍电影呢。这种事情经历多了，心脏会受不了的。你也不想辛辛苦苦找到的公主，最后又被弄傻了吧？那多遗憾啊！"

呸！傻什么傻！

虽然嘴上这么说，但我还是暗暗吐槽了一发自己刚才的话。

"这个没问题。"他想也没想又点头答应了，"以后我要找你，会提前告诉你，不过你不能拒绝。"

真霸道！

我想要稍微挣扎一下："上课的时候……"

"上课的事情我会和老师说清楚的，你现在最重要的事不是上课，而是赶紧在我的监督下成为一个合格的公主。课程以后可以补。而且作为公主殿下需要学习的不仅仅是学校的那些东西，还有更多。到时候也许你就不用去这种学校了，我们会专门安排老师教你的。"

我妥协了："好吧。"

"另外，面对媒体不可以逃跑。"他面无表情地继续说道。

"我会努力……"

我的回答似乎让他很不满意："说话不要这么没底气，不要告诉我你会努力，而要告诉我你可以。"

"好好好，我可以我可以，不过你要给我一段适应时间！"我举起双手，小鸡啄米般点头向他保证道。

为了让他停止讲这些沉重的话题，我凑近他，紧紧凝视着他的双眼，神秘兮兮地问道："这个周末你有事情要忙吗？没事情的话我带你出去玩吧！"

他思考了半晌才摇头："既然已经答应要走进你的生活了，我会尊重你的意见。周末的事情我会推掉，到时候我去找你吧。"

"好啊！"见他答应了，我激动得差点蹦起来。

可以和圣洛瑞戈王国最炙手可热的黄金单身汉一起逛街，想想就有点激动呢！虽然这个人是我的叔叔，嗯……辈分怪了点。

要知道和一个身材又好、长得又帅的男人一起走在街上是多么拉风、多么有回头率、多么吸引眼球的一件事啊！

而且到时候再也不用像平常逛街那样缩手缩脚什么都不敢买了，他那么有钱，随便刷刷卡就能买下我看上的所有东西吧！

我毫不在意自己现在两眼放光的花痴模样，双手交握，举到胸口，邪恶地哈哈大笑了两声以后，还俏皮地冲着亚伦眨了眨眼睛。

亚伦似乎被我这副模样惊到了，站在原地，瞪大眼睛，微微张着嘴，诧异地看着我。

"我送你回家吧。"

好半天，亚伦才冲着我扔下一句话，然后接过侍女递过来的外套穿上，拉着我往古堡外面走去。

我乖巧地跟在他后面走出古堡。

外面阳光明媚，万里无云。

今天天气真好啊！

不过，我的心情更好！

第七章 07

与亚伦的周末行

CHAPTER

1.

大概是有了明确的期盼，我头一次觉得时间过得特别快，难熬的日子似乎转眼间就过去了。

自从那天公主的身份曝光后，我有些惧怕去学校面对各种非议。亚伦也破天荒地同意了我的想法，让我在家里休息了几天。

不过身份曝光也不是什么好处都没有，至少因为那天轰动的场面，美琪也理解了我为什么要隐瞒她，还主动来找我道歉。

从我和亚伦总算能正常沟通的那天起，一切事情都顺利得让我感觉有点不可思议。

周六一大早，天都还没亮我就从暖暖的被窝里爬了起来，在衣柜里面翻了大半天才找出以前校庆活动的时候统一买的绿色苏格兰裙和白衬衣。穿上衣服以后，我又用一根浅绿色的丝带将头发绑了起来，还打了一个漂亮的蝴蝶结。

打理完一切后，我才站在落地镜前看着自己。

平时上学都是匆匆忙忙找简单方便的衣服穿，大多数都是宽大的运动衫，偶尔打扮都是因为有不得不参加的活动。今天这么稍微收拾了一下，虽然不如亚伦让人给我包装的那么精美，却也有小清新的味道。特别是那件白衬衣，袖子微微挽起来，露出纤细的手腕。短裙刚好到膝盖，露出纤细的小腿。

昨天我还特地看了天气预报，今天是个大晴天。

天时地利人和，一切都很不错的样子！我对着镜子里的自己比画了一个胜利的手势，背上包高高兴兴地推门出去了。

正在吃早饭的妈妈一抬头就看见了我，动作明显一顿。

我笑眯眯地往她旁边一坐，拿起牛奶声音愉悦地问候道："妈妈，早上好！"

"这……也太早了吧！"妈妈一脸震惊地看着我，就像看外星人一样，甚至还伸手捏了一下我的脸。

"干吗啦？"我被她捏得很痛，连忙挥开她的手。

"没有没有。"她很快就淡定地说，"今天太阳打西边出来了，你怎么起得这么早？你知不知道平时上学你都没起来这么早过，我都还没来得及给你准备早餐，你现在喝的是我的牛奶。"

"我们母女俩还分这些？你的牛奶就是我的牛奶！"我想也没想端起杯子一口气喝光了牛奶，然后把空杯子放在桌子上。

心情真是如阳光一般明媚啊！

我笑得一脸灿烂地起身，冲着妈妈挥了挥手就迈着轻快的步子跑出了门：“我先出去了，晚上才会回来。”

“今天这是怎么了？”妈妈嘀咕着。

出了门我便往约定好的地点跑去。以亚伦的性格，我是绝对不担心他会迟到的，至于早到多少这是一个比较值得研究的问题。由于想到今天可以出去门逛街，我很激动，昨晚一整夜都在床上翻来覆去睡不着，现在喝了牛奶出门，也有些偏早。

些许雾气笼罩着大地。

这个时候也只有卖豆浆、油条的小摊小贩推着车子在冷冷清清的大街上忙碌着。热腾腾的蒸汽一缕一缕向天空飘散开。空气也似乎因为这些蒸汽而变得暖洋洋的。

出了小区，我远远地看见前方第一个十字路口处停着一辆摩托车，车上坐着一个意气风发的帅哥。尽管头盔遮住了他的整张脸，我却还是能在心里勾画出他那绝美的面容。

我们第一次见面的时候，亚伦也是骑着摩托车在众目睽睽之下将我直接拎上了车，带去了古堡。那场面比我看过的任何一部电影里飞车绑架的情节还让我觉得惊险。

所以这次，我看见他那辆摩托车的时候心里咯噔一下，没由来地一慌。然后，我快步跑到了他的面前，气喘吁吁地说道：“早上好！你在这里等多久了？”

“我也是刚到。”他取下头盔挂在车把上，然后抬起头看着我，向来僵硬的脸上没有多余的表情。

今天的他穿着一件很普通的运动衫，但他身上那种气质不是扑通的衣服能掩盖的，所以，难得穿得比较平常的亚伦看上去还是十分有气场。再加上他那张面瘫般却依然英俊潇洒的脸，反而让人觉得酷酷的。

超级帅！

我毫不掩饰自己的赞扬，大胆地将他从头到脚看了个遍，才坏坏地笑着把包扔给了他：“今天很不错哟！”

“我哪天都很不错。”他臭美地点点头，接过我的包，然后拍拍自己身后的位置，眉毛一扬，“林晓琳小姐，等会儿一定要抱紧我，免得摔下去！”

我瞥了他一眼。上次被他用摩托车“绑架”的经历告诉我，他很喜欢飙车。所以在看到他骑着摩托车等我的时候，我已经做好心理准备了。

我直接往后座上一坐，死鸭子嘴硬地扔下一句“当然没问题”，然后小心翼翼地抓住了他的衣服——一切都还没开始，我可不敢突兀地抱着他。

“抱紧了！”亚伦扔下一句话，紧接着发动了摩托车。

车子就像离弦之箭一样飞驰出去，似乎完全略过了启动的过程，车轮与地面摩擦发出巨大的声响，惊起了停在树上的鸟儿。

我只感觉身体猛地往后一仰，吓得连忙伸手搂住了他的腰，将头紧紧贴在他的背上。心跳骤然加速，扑通扑通的，弄得我的脸也红了。

过了一会儿，我稍稍回过神来。

刚才完全是吓的，我有些喘不过气来，但是现在稍微安全了一些，指尖那种触感却又让我变得紧张。

紧致的腹部肌肉带着温热的感觉，让我格外有安全感。

我将头紧紧贴在他的背上，不敢去多想什么，生怕一想，自己就会失控。

我紧紧抱着他，因为刚才逞了能，我还得努力忍着想尖叫的冲动，任由凛冽的风从脸颊、耳边刮过。

其实我心里还是怕得要死，这种速度太吓人了，我可怜的心脏都要跳出来了啊！

好在，就在我的心脏快要蹦出胸膛的时候，车子停在了商业街入口一个停车场外面。

车一停，我立刻条件反射般地缩回了抱住他的手。

亚伦微微偏头往后看了看，作势又要发动车子。

我立刻又抱住了他，像只树袋熊一样贴在他身上，也不管什么面子问题了，大声求饶道："算我怕了你了，不要再飙车了，赶紧找个地方停放车子吧。"

"你不是不怕吗？呵呵，刚刚不知道是谁把我抱得那么紧呢？"亚伦的语气一听就很愉悦。在逗弄了我以后，他明显心情大好，也没有打算再折腾我，只是调侃了两句。

"哎呀，刚才我嘴巴失控了，如果你听到什么话一定不是我说的！"我生怕他又反悔，带着我再从商业街一路飙车回家再飙车过来，连忙催促着他去放车子。

亚伦早就做好了充分的准备工作，摩托车目标明确地朝停车棚飞驰而去。早上的马路上汽车本来就少，这更让他飙车飙得得心应手。

这是一个临时停车棚，收钱的老大爷一脸没睡醒的样子把亚伦带去停好车后，又坐回到他的老年椅上打盹。

我有些怀疑地看了看亚伦，指着老大爷，半天才吞吞吐吐地问："你就真放心把你的车子停在这种地方？靠谱吗？"

亚伦摊摊手，一脸"不然呢"的表情，然后坏坏地笑了一下："你不是说我们要过一天普通百姓的生活吗？我当然不会再骑比较昂贵的车。这是昨天我让人随便给我买来的车，反正也就用这么一天，丢了就丢了吧，大不了我们坐公交车回去！"

"你还知道公交车？"我一脸震惊地盯着他。

他被我盯得脸微微有些发红，不自在地移开了目光，拉着我一边往外面走一边含糊不清地回答道："没坐过公交车好歹也看过吧。"

我听到他的回答，无奈地撇撇嘴，耸耸肩，跟着他一起往商业街走去。

2.

亚伦停车的地方离商业街很近，我们很快就来到了商业街。

早上的商业街人很少，商场刚刚开门，大家在忙忙碌碌地整理着门里门外的东西。我们两个清闲的人走在街道中央更是显得有些突兀。

这条街道很宽，是不允许汽车通行的。中间是一排精美的雕塑，隔着固定的距离有一排背靠背的长椅。而两旁则是商场或卖衣服的小店，也有卖烧烤、甜点的食品店。

我左顾右盼了半天都不知道要做什么，随口抱怨起来，完全忘记了是自己激动得睡不着才把时间定得这么早的。

“早知道晚一点来就好了，还可以多睡一会儿。现在这么早，也就只是商场开门了，电影院、电玩厅都要十点以后才开门。”

亚伦也皱起眉头，似乎在考虑应该做什么，忽地他眼前一亮，打了一个响指，指着不远处的大楼说道：“不如进去逛逛？”

我顺着他手指的方向看了过去，顿时嘴巴张得可以塞进一个鸡蛋。

商业街上有各种不同档次的商店，有我们这种普通人喜欢逛的平价商场，也有奢侈品店。它们没有刻意区分开，但是在这里待久了的人会自动识别不同的店名，免得进去没钱丢脸丢大了。

而亚伦现在指的正是一家全卖奢侈品的商场，我只是第一次来这里的时候走错了进去过一次，被里面价签上数字后让人眼花缭乱的零吓得立刻逃了出来，从此望而却步，再也没有接近过了。

不得不承认，这家商场确实比其他的要显眼一些——乳白色的琉璃瓦在阳光下显得有些透明，商场的名字用鎏金的色彩龙飞凤舞地勾勒出来，高贵而又不显得庸俗。从大门往里面望去，能看见明澈的暖色灯光照亮整个空间，干净而透彻。

亚伦完全没有要等我响应的意思，说完那句话就拉着我的手腕往里面走。

我比不过他的力气，只能快步跟上他，一起走进了商场。

唉，不是说好过普通的生活吗？为什么才出来节奏又完全乱了？

我在心里暗暗吐槽。

虽然刚开张，商场里面已经秩序井然。

嗯……除了全都是不熟悉的品牌以外，别的也没让我感觉有多大的差别。

我跟在亚伦身旁走着，他今天穿得十分普通，和他以前那些专人设计制作的全球独一无二的衣服比起来，实在是太不显眼了。

而我们两个不显眼的人，走在这种全是奢侈品的地方，一下子就变得非常显眼。

感觉到周围投射过来的目光，我满脸羞愧地拽了拽亚伦，想要拉着他离开。他却低头瞥了我一眼，强硬地表示出他的坚持。

一楼全都是化妆品店，虽说我这个年龄的很多女生都已经开始化妆了，但我除了被亚伦请人改造的那几次，从来没有化过妆。

他大概也看出了我不感兴趣，拉着我乘电梯上了二楼。

二楼是女装区，挂满价格不菲的品牌服饰。

还好，最近和亚伦在一起看过的豪华东西不少，我才显得没那么失态。要是换成以前的我，看到这些金光闪闪的东西，一定口水都要流出来了。

刚从电梯里出来，亚伦就回头打量了我一眼，坏坏地勾起嘴角："本来还想埋汰你两句的，不过看到你今天穿得还像个人样，我就不说你了。走，我带你去买衣服，你回去后把你衣柜里那些乱七八糟的东西都丢掉。”

“什么叫穿得还像个人样！”我涨红了脸，却又不敢大声对他咆哮，只能低声哀号着。

今天早上我可是花了很长时间辛辛苦苦打扮了一番，连上舞台表演的衣服都找出来了，才得到这个评价？

“这是夸你呢！”哪知道他笑眯眯地伸手揉了揉我的头发，牵着我进了最近的那家店。

店里都是少女款式的衣服，粉色和粉蓝色系偏多，大多数都是小洋装，还有连衣裙和衬衣，穿在身材本来就傲人的模特身上，看上去超级养眼。

“欢迎光临。”一个头发盘起、化着精致妆容的店员彬彬有礼地对着我们弯了弯腰，将我们领进店，“亲爱的顾客，请问需要先为你们介绍一下本店吗？”

“不用了。”亚伦摆摆手。

“那您先选，有什么需求随时找我。”她依旧笑容甜甜，只是后退一步让开了路。

亚伦点点头，一把拽住死死盯着衣服的我，吓得我连忙收回了目光，跟在他身后慢慢逛了起来。

我们从最左边逛起，刚才那个美女店员也一声不吭地跟在我们身后。

这种高端大气上档次的店服务态度就是不一样，换成平时那些店，店员早就在旁边聊天嗑瓜子了。

看了好一会儿，亚伦才挑眉出声问："没有看上什么吗？"

"呃……"我有些不知道该如何回答这个问题。

其实……其实主要是每一件都太好看了，让我难以做出选择！

我一抬头就对上了他似笑非笑的目光，那双蓝色眸子亮闪闪的，如同午夜星辰。

那双眼睛像是有魔力一样仿佛要将我吸进去，吓得我连忙移开了目光。

慌乱之中，我随便拿起一件衣服比画了两下，目光却又不小心落在了价签上，顿时，手一个哆嗦。

天啊！

我数了两次才数清楚数字后面的零。

不得不承认我随手拿的这件衣服十分漂亮。这是一条浅绿色的碎花长裙，裙后缀着一个大大的蝴蝶结。裙身上的饰物很少，看上去十分简洁高贵，再加上此时的灯光，这条裙子显得更加耀眼了。

可是再怎么漂亮也只是一条裙子，一条裙子价值十多万……

这实在是让人难以接受！

十多万啊，我都可以在别的店里买无数条裙子了！

我深深地皱起了眉头，忽然感觉手上一轻，回头便见亚伦拿走我手里的裙子挂了回去："这个颜色不适合你。"

然后，他将手伸向另外一条淡紫色的裙子，干净利落地把它拽下来，扔给我。

我连忙接住裙子，心疼地想：浑蛋，动作轻点，扯坏了可得赔十多万啊！

我偷偷瞟了一眼一直站在旁边的店员，果然见她也一脸惶恐。

还好这种地方的店员素质都很高，把“顾客就是上帝”当成最高宗旨。否则就凭我们两个穿成这样，肯定连店门都进不了，说不定还会被冷嘲热讽一番。

我胆战心惊地把衣服放了回去，吞吞口水：“我不喜欢这种长裙，行动起来不方便。”

亚伦只是瞥了我一眼，又扔给我一件小洋装：“这件呢？”

我偷偷瞅了一眼价签，心一颤，又立刻塞回给了他，嘴硬道：“你看我像是走这种风格的人吗？”

他大概是被我这句话戳中了笑点，扬起了笑容，把衣服挂回去以后，又上下打量了我一番：“你不说我还真不知道你也是有风格的人。不过……抱歉，我还是没看出来！”

“你！”明知道他说话一向语不惊人死不休，我还是忍不住狠狠瞪了他两眼。

他却毫不在意，又继续一件件给我挑选起衣服来。

这件颜色太艳，那件裙摆的蕾丝花边太俗……

我绞尽脑汁地找着各种各样的借口打消自己看见价格后的无奈，最后差点要哭出来了，却只能义正词严地告诉他：“我真的都不喜欢！”

“可是我觉得都很不错啊。”他无辜地眨了眨眼睛，“都很合我的品位，而且我觉得这些都很衬你。你其实是自己不会搭配所以看到什么都很犹豫吧？要不要全部买回去，你一天换一件，穿着穿着就习惯了。”

“什么……不不不！”

全部买下来？他疯了吧？

最便宜的衣服都要一万多元啊！这是什么概念……一千元一件的衣服我林晓琳都没穿过，买件几百的衣服回家还要被妈妈念叨一晚上。

我看着跟在身后的店员脸上的表情越来越不耐烦，而且对于亚伦那句“全部买下来”完全持不相信的态度，目光中若有若无地流露出了轻蔑的神色。

不能再这个样子了！

我深吸一口气，一把拽住亚伦，用力把他拖出店门，来到电梯旁才停了下来。不等他发脾气，我先发制人，抬头狠狠瞪了他一眼，凶巴巴地说道：“明明说好了是出来体验生活的，你干吗又拉着我来这种奢侈品店？又不是我跟着你来体验你的生活！虽然说都是逛商场，但是这样意义就完全不一样了！”

我完全不习惯这种奢侈的生活，看衣服的心情也完全没有了，就只是盯着价签一直看，看到最后完全不知道自己到底是被亚伦拉过来选衣服，还是一次次被那价格震惊。

亚伦皱了皱眉，语气显得有些不满：“我不是想让你买一些好看的衣服带回去吗？你不但不领情，还跟我顶嘴？”

“好看的衣服去别的地方也能买到啊，有很多便宜而且好看的衣服。”

“我只认品牌。”

“算了……”听他这么一说，我的语气立刻软了下来，他到底是从小在王室里长大的孩子，没有体会过生活的艰苦，“我带你去。”

我拉着他，不顾旁人的目光出了电梯，一起走出了奢侈品商场。

走出去的一瞬间，我感觉新鲜空气将我整个人都包围了，原本那种沉闷压抑的感觉总算一下子全部消失了，我可以大口大口呼吸了。

这时，街上的人已经很多了，三五成群。这条街永远是情侣聚集的地方，他们手拉手一起走着，和谐无比。

“我们现在去哪里？”

亚伦伸手胡乱揉着我的头发，似乎还觉得挺好玩，扬起眉毛和我大眼瞪小眼。

他的嘴角莫名往上勾起，似乎在笑，淡淡的，竟比阳光还好看。

“嗯……”

我用手支着下巴思考了一下，掏出手机看了看时间，发现不知不觉已经十点了。

我眼前一亮，抬头欣喜地看着他，一句话脱口而出：“不如我们去看电影吧？”

“不去！”他摇头吐槽道，“那些没营养的电影有什么好看的？看了智商会变低的！”

“不看电影也太浪费周末的大好时光了！而且明明都说好了今天听我的！”我气呼呼地鼓起腮帮子，双手叉腰瞪着他。

“不去！林晓琳，你不要侮辱我的智商。”

“去嘛去嘛！”

“不行！”

“我不管！”我一脸要哭出来的样子，可怜兮兮、泪眼汪汪地盯着他，还伸出手来抓住他的双手一直摇晃着。

我咬着下唇，眼巴巴地看着他，努力让自己的声音也显得超级委屈：“就陪我去一次嘛。”

“那……”他还是有些犹豫，但最终勉强点了点头，“好吧。”

3.

既然决定去看电影，事情就好办多了。这里的电影院很多，我以前和美琪过来逛街的时候也会去看电影，所以我对这里很熟悉。我带他一起进了一个商场，坐电梯上了顶楼。

因为在前面那家店耗了不少时间，上午第一场的票已经买不到了，第二场是接近中午的。我找了支人比较少的队伍匆忙买了两张票，胡乱塞进了口袋。

算了算时间，我打算带尊贵的亚伦殿下去吃饭。

商业街上有很多大的餐饮店，但最好吃的还是胡同里的小店。

我们拐了好几个弯，直到亚伦都有些不耐烦了，才在一条小胡同里停了下来。

我在一家饮料店里买了两杯鲜榨果汁，然后拉着他进了一家酸辣粉店，这里的手工酸辣粉是出了名的好吃。

木屋很窄，也很低矮，站着都会让人有一种容易撞到脑袋的感觉，对亚伦这种身高卓越的人，更是显得压抑。

我找了个座位，让他坐下来后，就跑到前台去点了两碗酸辣粉。

掏钱的时候，我突然觉得有些不对，又折了回去，皱着眉头看着他，没好气地说道："喂，这种时候作为一个男士，你应该有些自觉，主动付钱！看电影是我请你，剩下的都应该你包了！"

真是的，虽然说起来以后整个圣洛瑞戈王国都是我的，不应该计较几个小钱，可这是基本的男女相处礼仪啊。

况且，我现在还是那个钱包里只有一点点钱的林晓琳。

"那你坐着。"亚伦瞥了我一眼，站了起来，将我按坐到座位上。

他径直走向前台，掏出钱包付了钱，然后端着两碗热腾腾的酸辣粉走了回来。

他把一碗酸辣粉放在我面前，然后坐下来，望着自己面前那碗酸辣粉发呆。

我一接过酸辣粉，便连忙拿起筷子吃了起来，吃了两口才觉得有些不对劲，也顾不上嘴里还塞着东西，含糊不清地问他："你怎么不吃？"

"闻着味道怪怪的。"他摇摇头。

我耐心地解释："那是醋的味道。"

"太浓了。而且我从来没有吃过这么简陋且古怪的食物……"他还是摇头，眉头皱得紧紧的，一副难以接受的样子。

我听到他这么抱怨，也没有吃的兴致了，干脆放下筷子，用手肘推了他两下，耐心地劝说道：“你尝一尝嘛，这个东西闻起来和吃起来的感觉完全不一样！”

亚伦半信半疑地看了我两眼，见我坚持劝他尝试，他才迟疑地拿起筷子，夹了一点酸辣粉往嘴里送。

“怎么样？”我满怀希冀地追问。

他没有作声。

我小心翼翼而又紧张兮兮地盯着他看了好几秒，只见他咽下一口酸辣粉后，紧皱的眉头松开了一点点，然后继续优雅地进餐。

明明只是一碗普通的酸辣粉，为什么亚伦竟能表现得好像在金碧辉煌的王室餐厅里用餐一样呢？

他从容优雅的仪态，俊美的外表，让这家小吃店的老板和所有客人都看呆了。

“哎呀，这位是你的男朋友吧？可真帅啊……”

“看看这个气质……就好像王子一样……咦，还别说，真的很眼熟，就跟前些日子新闻上报道的那个什么王子一样……”

“别乱想了！真正的王子怎么可能来这种小吃店吃酸辣粉啊……”

乱糟糟的议论声传入我的耳朵，我没有听清后面他们说了什么，只是前面那句误会亚伦是我男朋友的话让我的脸涨得通红，而心里似乎还有一点点开心的感觉。

天啊！这是怎么回事？我刚刚怎么会有那样的念头？林晓琳，你的脑子被花痴细胞全部占领了吗？亚伦虽然年纪跟我差不多，但是按照辈分，他是我的长辈……

我猛地抬手捶着自己发胀的脑袋，把乱七八糟的荒唐想法赶出脑海。

“晓琳，你怎么不吃了？”

不知什么时候亚伦已经快速地解决了那碗酸辣粉，他从口袋里掏处丝质手绢擦了擦嘴角。即使在这样简陋的小店里，即使吃的是最普通的酸辣粉，他身上还是散发着逼人的高贵气息。

我不自觉地呆呆地望着他。

“林晓琳，我觉得你还是要跟贝伦夫人好好学习一下用餐礼仪！”亚伦蹙眉，语气不满地说，同时伸出一只手，在我嘴角擦过。

本来就大脑一片混乱的我，此刻完全愣住了。

他，他刚刚对我做了什么？

心怦怦跳得飞快，我瞪大眼睛，身体不由自主地往后一缩。

“你，你……”我结结巴巴的，瞪大眼睛望着对面的人。

亚伦的嘴角扬起了一个小小的弧度，蓝色的眼眸如上等宝石一般流光溢彩：“你什么你……嘴边沾到东西都不知道吗？唉，如果以后你这副样子被记者偷拍到，会被议论好几天……”

“重要的不是这个啦……”

是你干吗对我动手动脚的，真讨厌！

因为感觉这句话说出来似乎会像情侣之间的抱怨，我努力咽下去，然后故意装出镇定的语气回答："我以后会注意的……哦，天啊！好像快到电影放映时间了……快走吧！"

我不敢再直视他，抓起自己的小包冲出了小店。

4.

回到电影院的时候，电影院里面已经挤了好多人。

我带着亚伦检票后，找到了放映厅。

这是一个比较小的放映厅，里面的座位并不多。灯已经关了，只有荧幕的光洒在每一个角落。

放映厅内已经坐了一些人。本来就是小厅，人也不多，可我发现他们都是男女两两挨着，显然都是一对对情侣。

我拉着亚伦，猫着腰跑到后排，按票找到对应的座位坐下来以后，才发现这里的所有人都坐得很分散，每对情侣之间都有很多空位。

我们刚坐下，电影就开始了。

我这才想起刚才进来得那么匆忙，居然忘记买爆米花了。虽然说早就已经吃不下别的东西，但基本的形式还是应该有的啊……

“我去买爆米花。”

我对着亚伦丢下这句话，又猫着腰准备去买爆米花，才跑到半路，突然觉得不对劲……

那些情侣到底在干什么？

我一边跑一边打量着周围，看着看着脚步就慢了下来。

电影刚开始，那些情侣已经搂抱在一起了，昏暗的放映厅里流动着暧昧的气息。

我加快脚步一口气冲出了放映厅，然后抱着一桶爆米花迅速跑回了座位上，气喘吁吁地把爆米花往亚伦怀里一塞，然后坐下偷偷掏出电影票。

情侣场？

啊啊啊，我居然买了情侣场的票！有没有搞错啊？

我又悄悄把票塞了回去，假装什么都不知道，面不改色地坐直身子继续看着荧幕。

还好刚才亚伦没有跟我一起出去，要是他看到那些情侣在干的事情，场面就尴尬了……

正当我庆幸的时候，忽然不远处传来一个娇嗔的声音：“亲爱的，你真坏！”

我的脸色瞬间变了，目光偷偷一瞟，发现亚伦的脸色也不太正常。

“我们……我们好像不应该待在这里。”终于，我鼓起勇气开口。

我的话音刚落，另外一个低沉的、含笑的男声响了起来：“不坏你怎么会那么爱我！”

“呃……我也觉得。”这时，亚伦的语气似乎也变得很尴尬。

紧接着，那对说着情话的情侣亲吻起来。

亚伦骤然从座位上站了起来，发出的声音不小，但是没有人往这里看过来。他低头看着我，把爆米花随手往旁边一放，压低了声音对我说道：“我们还是赶紧走吧。”

“嗯嗯嗯。”

我早就有了这种想法，听他这么一说，小鸡啄米般点着头，立刻站了起来跟着他往放映厅外面走去。

出了电影院后，因为之前的尴尬场景，我们沉默地走了好久。

我偷偷地观察亚伦的脸色，发现他紧紧抿着嘴唇，表情似乎还有点儿不自然。

好半晌，我终于鼓起勇气跟他道歉：“对不起，我也不知道自己竟然买了情侣场的票……”

亚伦似乎听到了什么敏感的词语，脸色变得更黑了：“你什么都不用说了。”

他的语气冷冰冰的，让我的心情变得很不好受。

唉，之前明明还挺好的，都怪我粗心买错票，结果弄得这么尴尬。之前在小吃店就被人误会是情侣，现在又误闯情侣场……

我感觉好奇怪，特别是看到亚伦的脸，心跳就变得好快，可是亚伦似乎一副很压抑很生气的样子。

我受不了这种奇怪的气氛，在看到前面拐角处有家饮料店的时候，连忙找了个借口："出来这么久你一定口渴了吧？你在这里等等，我去那边给你买饮料……"

不等亚伦回答，也不敢再看他脸上的表情，我匆匆忙忙朝饮料店跑去。

希望亚伦喝了我买的饮料后能忘记刚刚发生的一切。

我买了一杯可乐和一杯奶茶，然后转过身走向等在对面的亚伦。

当我走到他的正对面，挤出笑容准备跟他打招呼的时候，却发现他似乎也正愣愣地望着我，眼睛里闪动着奇怪的神色。

只隔了一条窄窄的街道，我和他中间不时会有人走过，但奇怪的是，目光交汇的刹那，似乎有火花在空气中绽放。

我的心跳在那一刻飞速加快。

亚伦似乎也感觉到了什么，他迅速地偏过头，移开了和我对视的目光。

我也把刚刚奇怪的感觉丢到一边，两手各拿一杯饮料继续往街对面走，想走到亚伦身前。

"砰——"

因为直直地看着前方的人，我没有注意身旁络绎不绝经过的人，右手捧着的可乐一下子洒到了和我发生碰撞的那个人身上。

"哎呀——你怎么搞的！没长眼睛吗？"一个尖厉的声音几乎刺破我的耳膜。

我惶恐地转过头，才发现被我撞到的是一个穿着很洋气、披着大波浪鬈发、镀金墨镜戴在头顶的美女，而我的可乐在她的白色连衣裙上晕染开了一幅大大的涂鸦。

“对不起，对不起，我没看路……”我连忙躬身道歉。

“我这件衣服可是新买的名牌！连个饮料都拿不稳，就不要出来丢人现眼啊……臭丫头！”鬈发美女柳眉倒竖，染着红色指甲油的手指不停地猛戳我的额头。

“我会赔给你干洗费的……”虽然被骂很不爽，但毕竟是我的错，所以我还是诚恳地道歉。

“干洗费？臭丫头，谁要你的干洗费！被你的廉价饮料泼到的衣服，本小姐才不会再穿了！”鬈发美女气势汹汹，眼睛瞪得大大的，怒视着我，“我要你赔一件新的！这是M＆D最新款，售价人民币一万二千元！”

什么？

要我赔一件新衣服？

还是价值一万二千元的衣服？

我震惊地瞪大了眼睛，慌张地拼命摆手：“撞到你是我没注意，对不起。可是，小姐，可乐渍很容易清洗的，没必要换一件新的吧……”

当然最关键的是，我赔不起那么贵的衣服……

“哎呀，大家来看看，这丫头弄脏了我新买的衣服还想推卸责任……”鬈发美女恼火地瞪了我一眼，随后尖着嗓子嚷嚷起来。

顿时，周围的人纷纷看过来。

看到人们似乎都往这边聚集，我下意识地寻找亚伦，希望他这个时候能站出来，结果却发现他正皱着眉头望向这边，却没有移动步伐。

啊，亚伦该不会是还在生气，打算不管我吧？看到我遇到麻烦居然不出来帮忙……

不知为什么，看到亚伦一副袖手旁观的样子，我心里涌起了一阵浓浓的委屈和伤心。

“你为什么要任由他们欺负，凭什么任由他们欺负。你想过吗？你没有！这就是你，像杂草一样，活在自己的幻想里，不愿意面对残酷的世界。这就是你，林晓琳！”

鼻子泛酸的时候，我突然回想起几天前亚伦骂我的话。

他说我胆小懦弱，遇事只会逃避……

陡然，我忍住心里的酸涩，猛地抬起头。

我才不会一直胆小懦弱，遇到事情就逃避。我，林晓琳，哪怕不去做那个什么公主，也应该像公主一样，学会维护自己的尊严！

将忐忑不安的情绪赶走，我直面那个气势汹汹的鬈发美女，不卑不亢、有礼有节地说：“我刚刚说了，撞到你，还把可乐泼到你身上是我的错，我向你真诚道歉。我可以带你去最好的干洗店帮你清理衣服上的可乐渍，保证让你的衣服干净如初！”

鬈发美女听到我的反驳，脸上闪过一抹羞恼，但依旧保持着咄咄逼人的气势："我不管！我不接受你的道歉！也不要你的干洗费！你必须赔我一件新的……"

周围的人开始用异样的目光看着那个鬈发美女。

可是她根本不在乎大家的目光，她似乎害怕我逃跑，还上前两步一把抓住了我的手臂，长长的指甲掐入了我的胳膊里。

"你松手，很痛……"我用力挣扎。

这个女的怎么回事，从一开始就不依不饶，一定要我赔她新衣服！明明可乐渍很容易洗干净的啊！

"哼，你这个穷酸丫头！等下逃跑了不赔我衣服怎么办……这可是M&D最新款……"

就在鬈发美女一边凶狠地瞪着我，一边继续用刺耳的声音嚷嚷时，一个冷淡却充满威严的声音插了进来："M&D最新款的这件目前在国内还没有上架，不知道这位女士你是在哪里购买的？如果是在巴黎香榭丽舍大道的总店买的，那么你似乎把售价弄错了呢……"

随着这个声音的响起，围观的人群突然分开，亚伦单手插在裤子口袋里，慢悠悠地走了过来。

完美的五官以及出众的气质令他一出现就成为了全场的焦点。就连一直歇斯底里紧抓着我不放的鬈发美女也不由得放松了力气，微微张开鲜红的嘴唇，痴迷地望着他。

不过，亚伦丝毫没有理睬她花痴的目光，而是径直走过来，一把抓住我的手，用手臂轻轻一碰那个鬈发美女的手。那个鬈发美女如同触电一样立马松开手，脸上还浮现出两朵红晕。

“那件衣服的售价应该是八万四千元人民币。这位小姐，看来，你好像是弄错价格了……”亚伦微微眨了眨眼睛，释放出一股迷人的魅力。

鬈发美女似乎魂都被亚伦勾走了，连忙点头改口：“对啊，对啊，是八万四千元呢！哈哈，我自己不小心记错了……”

我目瞪口呆地望望鬈发美女，又望望亚伦。

一万二变成八万四？

喂，亚伦，你到底是帮我，还是帮这个得理不饶人的花痴女啊？

我心里瞬间冒出一股浓浓的怒火，在看到那个鬈发美女似乎正跟亚伦进行暧昧的眼神交流时，这股怒火瞬间就冲到头顶了。

我正想爆发，甚至想干脆把另外一杯饮料也泼到这个试图勾引亚伦的鬈发美女身上算了，可就在这时，我看到亚伦的嘴角微微扬起一个弧度，露出一丝有点坏的笑容。

“可是，这位小姐，我刚刚仔细观察了一下你的衣服，发现材质似乎跟总店的那件不一样呢，并不是土耳其棉，而是普通涤纶材质。而且你的这件衣服颜色也不太正，有点像A货。”

鬈发美女的脸色瞬间变了。

“我，我的衣服怎么可能是A货！我这么优雅高贵的人怎么可能会穿A货……你，你不懂就不要乱说……”

呃，到底怎么回事？刚刚似乎还挺友好的气氛怎么陡然紧张起来了？

我的怒火渐渐平息下去。

而亚伦此刻也转头给了我一个让我安心的眼神，然后勾起唇角，就像逗弄濒死的老鼠的猫一样，微笑着对鬈发美女说：“呵呵，我只是说出我的判断而已。如果你一定要我的这位朋友赔偿，那么，可不可以提供一下你在巴黎总店购买这件衣服的收据呢？”

说着，亚伦又停顿了一下，似乎想起了什么，补充道：“对了，如果小姐你的收据不见了也没关系。M&D的每件衣服都有独一无二的编号，刚好我知道总店的电话号码，只要你报给我衣服的编号，我就可以查到相关的信息呢……不过，如果查不到，那么这位小姐，你刚刚的要求似乎等同于敲诈哦，后果很严重的！”

干得好，亚伦！我忍不住在心里为亚伦的致命一击喝彩。而那个鬈发美女在亚伦说出这句话后脸色变得惨白。

旁边的人投向她的目光也变得不太友善。

“呵呵，原来是买了一件假货想骗这个小女生的钱啊……”

“就是啊，穿得起M&D的人怎么脚上会穿一双那么普通的鞋啊……真是没品位！”

“这个很有气质的帅哥是谁啊？讲话好有气势……”

鬈发美女的脸涨得通红，原本嚣张的气势此刻荡然无存。

“哼！我大人有大量，放过这个臭丫头了……真是晦气！”鬈发美女故意气恼地哼了一声，然后抬起手遮住脸，飞也似的冲出了人群。

看到那个嚣张的女人在亚伦三两句话的攻势下就狼狈败退，我不由得无比崇拜地望着他。

“啊，亚伦，你太厉害了……”

在知道亚伦所做的一切都是为我出头的那一刻，我的怒火消失无踪，此刻，心里盛满的开心似乎就要溢出来了一样。

亚伦微微低头望着我，蓝色的眼眸里似乎漾着湖水般的温柔，但说出来的话还是不那么好听：“哼，是看在你刚刚表现还不错的分上我才帮你的。不过，你回去真的要好好给我进修。你怎么可以被那种上不了台面的人欺负？”

虽然他的语气里带着淡淡的责备，但是我怎么感觉出了一股浓浓的宠溺的味道呢？

哎呀，我的脸怎么像着了火一样烫，心跳也变得超快？

啊，一定是因为天气太热了！

第八章 08

CHAPTER

被围观的公主殿下

1.

这次的周末行似乎不太平静啊。

先是逛服装店被价格吓退，我拉着亚伦殿下逃跑。

接着在我的撺掇下，亚伦殿下终于品尝了他人生的第一份酸辣粉，话说这种超级普通的食物亚伦居然也面不改色地吃完了呢。

再之后就是看电影误入情侣场。

最后就是我林晓琳勇斗嚣张A货女，维护世界正义……呵呵，其实最后还是亚伦殿下帮忙解决的麻烦。

本来以为就会这样结束，但亚伦又说因为我今天的表现还不错，在面对困难的时候没有像以前一样只会逃避，所以他决定奖励我。

兜兜转转了一圈，我以为亚伦会带我去什么神秘高级的地方，结果他竟然带我去了商场的购物区。

“亚伦，你到底要给我什么奖励啊？”坐上购物区的电梯后，我满怀期待地问旁边的亚伦。

亚伦没有正面回答，而是命令道：“你的手机拿出来给我看看。”

“啊，你自己没带手机吗？”我嘟囔着从包里掏出手机塞到他手里，“喏，有什么好看的？真是的。”

我嘴上这么说着，却还是有些窘迫地移开了目光。

手机是很早以前妈妈淘汰下来的非智能机。因为我只是打电话联系朋友而已，所以用起来也没觉得有多大困扰。但在这种智能机普及的社会，还用着非智能机的我实在是显得……太老土了，所以在学校我很少把手机拿出来。

当别人都拿着手机上微信、刷微博、聊天、玩游戏的时候，我却只能躲在角落里偷偷摸摸给妈妈发短信。

果然不出我所料，亚伦嫌弃地看了我的手机一眼，然后——

我瞪大眼睛看着他接下来的动作。

只见他快速将SIM卡从手机里面拔了出来，盖上手机后盖，向后随手一扔。

手机在空中掠过一道抛物线，然后准确无误地落在了后面的垃圾桶里。

我整个人都震惊了，张大了嘴巴，半天都合不拢。

我的天啊！

且不说他是怎么准确地扔进垃圾桶的，他一直面对着我怎么会知道身后有个垃圾桶？

可是，现在的关键问题，是他把我的手机扔了！

我一个箭步跑到了垃圾桶旁往里面望，满怀希望期盼着垃圾不要太多。

可是才看了一眼，我就绝望了，垃圾桶里堆满了各种流着油的食物，瞬间将掉进去的手机弄脏了，原本白色的手机上面沾满了油渍，让我只看了一眼就有些不忍心地收回了目光。

我转身咬牙切齿地盯着亚伦：“你凭什么扔掉我的手机啊！”

“扔了再买就是了。”他无所谓地摊摊手，凑近我，还眨眨眼，嘴角勾起一丝无奈：“拜托，我的大小姐，这种手机五年前就已经停产了，你居然可以一直坚持用到现在。要是哪天不小心被记者拍到了，又要添油加醋写一些乱七八糟的东西了——让我想想会写什么呢？”

他用一只手支着下巴，做出一脸沉思的样子，半晌才打了一个响指：“千辛万苦寻回公主，又为何如此虐待？”

我被他的话唬得一愣一愣的，也跟着点点头：“好像有道理。”

“那就对了。”他酷酷地一甩头发，拉着我就往卖手机的区域走去，“先给你随便换一部用用，以后你还会有私人定制的全球唯一的手机。”

“哦。”我一边回应，一边跟着他走。

亚伦又瞥了我一眼才收回目光，然后径直带着我来到了商场的电子产品区，驻足望向那些放在柜台里面的手机。

我也随着他的目光望过去。

手机在灯光的照耀下闪烁着光彩。

我一边看着手机，一边对着价签咋舌，特别是新上市的手机，价格尤其高。

电子产品降价很快，完全没必要追求最新款。

我刚这么想，亚伦的声音就在耳边响起："看你那部破手机用了那么多年保存得还像样，给你买浅色的应该不错吧。就要这部了。"

"啊？"

我顺着他手指的方向望了过去，只见一部白色的超大屏手机安静地躺在灯光下。

店员一边将手机拿出来，一边夸赞道："先生真是好眼光，这可是目前全国屏幕最大的手机，无论是看电影还是玩游戏，都能让你享受到非一般的视觉冲击。"

"用不着那么大吧……"我呆呆地伸出自己的手，比较了一下，发现手机居然比我的手掌还要大。

"就这部了。"亚伦一把拉下我的手，对店员笑了笑，掏出一张银行卡扔在柜台上，"可以刷卡吗？"

大概头一次看到有人买东西这么果断，店员的脸上闪过一丝惊讶，随即她将刚拿出来准备给亚伦看的手机放回了柜台里，彬彬有礼地拿起柜台上的银行卡："那麻烦先生、小姐在这里等一会儿。"

不一会儿，店员就拿着一个崭新的乳白色盒子过来了，她从柜台下面拿出一个带手机商标的袋子把盒子装了起来，把银行卡和发票一起递给了亚伦："欢迎下次光临。"

"嗯。"亚伦接过袋子，看都没看就甩给了我。

还好我眼疾手快接住了袋子。我没好气地瞅了他一眼："好几千块买的东西你这么丢，摔坏了怎么办？"

明明是我在质问他，他却一句话噎得我说不出话来："摔坏了代表包装盒质量不好，可以投诉让厂家赔偿，你不知道吗？"

"知道了知道了。"我敷衍道，想要跳过这件事情，随后想起刚才他用那个酷毙了的姿势解决了我的手机的时候，还特地从里面拔出了SIM卡，立马向他摊开手，理直气壮地说："把我的SIM卡还给我。"

他的目光微微下垂，落在了我摊开的手心上，嘴角向上挑起一抹奇异的笑容，他眨了眨眼睛，从口袋里掏出SIM卡，挑挑眉，一用力，直接把SIM卡掰成了两截！

我呆若木鸡地盯着他。几秒过后，我回过神来，一把抓住了他的手腕："你毁了我的SIM卡，我用什么？"

"我会给你重新准备的。"

"换手机号码要通知其他人，很麻烦的！"

"为了保证你的信息不泄露，这是命令。"他一手揽住我的肩，故意做出和我很亲密的样子，迈步往外面走，完全不顾我还在气头上，"好了，电影也看了，手机也买了，我送你回家吧。"

我很不服气。

但是现在亚伦对于我来说根本就是高高在上、不可反抗的人物。

我低头瞅了一眼手里的袋子，半推半就地跟着他一起走，就像一个唯唯诺诺的小媳妇。

不过……

我偷偷抬头望向身旁的亚伦。

从我这个角度只能看见他的侧脸，红润如花瓣一样的嘴唇轻轻抿着，鼻梁高挺，目光如炬，尤其是长长的似蝶翼一样的睫毛微微扇动着，让他帅得无与伦比。

我感觉自己的呼吸几乎凝滞了，连忙收回目光。

2.

亚伦果然当天晚上就派人把新的SIM卡以及一切办卡资料送了过来，还特地叮嘱了我手机号码要适度保密，以免记者借此挖掘出很多隐秘信息。

周末就这样快速过去了，很快又到了星期一。

清晨。

“丁零零……”

刺耳的闹铃声让人脑袋发晕。

“吵死了。”

我随手抓起身旁的枕头扔了出去，却突然觉得不对劲，连忙睁开眼睛抓起旁边的手机看时间。

7：10。

手机上闪动的数字吓得我立刻跳了起来，匆忙梳头、洗脸、换衣服。我以迅雷不及掩耳的速度收拾好以后，拎着书包冲出了房间，正准备习惯性地从桌上抓起面包就跑，突然发现……

餐桌旁，一个修长的身影背对着我，他正在优雅地吃早饭。

大概是被我巨大的动静打扰到了，他放下手里的东西转过头，对着目瞪口呆的我扬起一抹迷人的笑容："早啊，我来接你上学。"

"早……"我被出现在家里的亚伦吓得不轻，却不得不淡定地往他旁边一坐，吃起了早饭。

都忘了，现在我有公主光环笼罩着，上学有专车，哪里还用担心迟到的问题。

慢悠悠地吃过早饭后，我才和亚伦一起去了学校。

今日的阳光格外明媚，暖暖地洒在每一个角落。风轻轻吹着，树叶沙沙作响。

车子行驶到学校门口便停了下来。我刚下车，还没来得及站稳，就感觉到火辣辣的目光瞬间朝我们投射过来。

"快看，是林晓琳！"

"她身旁的不是亚伦吗？哦，亚伦殿下真的好帅！"

"好嫉妒她，为什么我不是公主……"

细细碎碎的议论声随风飘进了我的耳朵。

我看到女生们都露出了花痴陶醉的表情，有的还朝我投来羡慕嫉妒恨的目光。而大早上就已经有记者拿着话筒等在了这里，闪光灯此起彼伏，比阳光更加刺眼。

亚伦反手关上车门，转头看了我一眼。今天他穿着一件英伦风格薄毛衣，上面有着红蓝相间的花纹。短短的头发不管怎么梳都显得有些凌乱，却也恰到好处地将他棱角分明的脸勾勒了出来。

与其他人不同的是，他总是微微抬高下巴，冷冷的目光中带着一丝倨傲。

阳光温柔地洒在他那张美得惊人的脸庞上，让人移不开视线。

“你要学会适应这样的目光。身为公主，你注定生活在万众瞩目中。”他一眼便看出了我心中的窘迫，伸手拉住我的手臂，拽着我往学校里面走，同时还压低了声音在我耳边说道。

“我知道了。”我深吸了一口气，面对那些朝我们望过来带着各种意味的目光，努力扬起一丝笑容。

我们往前走着。

我们走一步，人群退一步，拥挤的人群竟然为我们让出了一条笔直的通道。

走进学校后，我才知道亚伦竟然为了监督我，申请了几天的临时入学，而且还和我同班！

好在进了教学楼以后，围观的人少了一些，我这才松了一口气，转过头不爽地瞥了他一眼：“你说你好好的国家不管理，跑来上什么学？瞎折腾。”

“我乐意。”他的语气还是那么高傲。

看在他陪我上学的分上，我忍了，带着他一路走到教室外面，刚想从后门进去，却突然觉得有些不对劲……

带着亚伦走后门不太好吧？

脑子里突然蹦出了这样的想法，我吓得连忙把迈出去的脚收了回来，然后伸手往前门一指，面无表情地对他说："我的座位在后面，我就不绕路了，那边是前门，你自己过去。"

说完，我迈步进了教室。

教室的门框上面有一块很大的玻璃，隐隐可以看到上面反射的画面，我发现亚伦竟也跟着我从后门走了进来。

教室里乱哄哄的，完全没有人注意到我们两个。

我像往常一样，飞快地跑到角落里自己的位子上坐下，把书包往抽屉里胡乱一塞。

刚坐下来，一个谄媚的声音就在我旁边响起："晓琳……"

我蓦地抬头望了过去，只见向来和我水火不容的李敏英正站在我面前，平时咄咄逼人的表情全然不见了，取而代之的是热情的笑容。

我震惊得下巴都快掉下来了，连忙揉了揉眼睛，再望过去，却见她笑得更灿烂了。

李敏英今天穿着一件淡蓝色连衣裙，棕色的鬈发显得有些凌乱，嘴角微微上扬，说话时竟然有些腼腆："那个，晓琳啊……以前我对你不友好，你不要生我的气啊。其实我也没有想要欺负你，就是和你开开玩笑而已。"

“呃……”她这样的表现让我有些受宠若惊，一时之间竟然不知道说什么好。

“你是不是不相信我的话？”见我的反应如此平淡，她急得眼眶立刻湿润了，伸出双手抓住我的手往自己心窝的位置靠，平时霸道不羁的模样完全敛去，一双眼睛泪汪汪的，变得楚楚可怜起来，“那我做什么你才会相信？你说，我马上就去做！”

我诧异地看着她，使出了吃奶的力气才从她手里抽出一只手，稍微活动了一下手关节，然后僵硬地指了指她身后：“上课了。”

不知道什么时候老师拿着教科书进了教室，教室里刚才还在打闹的同学们已经全部回到了座位上，只剩下李敏英还站在我的座位前。

她转头看了老师一眼，这才恋恋不舍地松开我的手回到了自己的座位上。

我心里稍稍放松了一下，目光一瞟，忽然发现坐在前面的亚伦正转头望着我，那双美丽的眸子里是说不清的神色。

我朝他扬了扬下巴，然后收回目光，拿出课本开始上课。

3.

事实证明上课这种事真的不太适合我。

我迷迷糊糊地捧着课本，迷迷糊糊翻到老师指定的页码，又迷迷糊糊地听了几十分钟，直到下课都不知道老师到底讲了什么东西。

下课后，老师刚拿着书走出教室，我的桌子就被黑压压的人群围住了。

他们大多数都眨巴着眼睛看着我，让我浑身上下都不自在。

有些人还露出恍然大悟的神情，喃喃自语道："真的呢，她的皮肤比以前光滑多了……"

"看吧看吧，我没有骗你吧！"

……

我被嘈杂的议论声弄得有些头疼，抬起头，又不知道应该盯着面前的哪个人。

就在这时，他们忽然停了下来，齐刷刷地看着我，异口同声地喊起了我的名字。

"晓琳！"

"晓琳！"

"晓琳！"

不知怎的，我突然勇气骤升，猛地一拍桌子，目光凛冽地说："不要叽叽喳喳地议论了，全都停下来！"

大概是我的嗓门太大了，所有围在我面前的人都一脸惶恐地噤声，睁大眼睛望着我。

看到这一幕，我更加有勇气了，特地压低了声音说道："要问问题一个个来，每人只允许问一个问题，得到解答就离开，不要妨碍其他人。"

“我先来，我先来。晓琳，快告诉我你换了什么护肤品，效果那么明显，我也去试试！”一个女生两眼发光，满怀希冀地望着我。

没想到第一个问题就这么具有挑战性，我憋了半天只好说：“我不知道……”

“晓琳，可以告诉我亚伦殿下的电话号码吗？”

我伸手朝亚伦坐的方向指了指：“他不就在那里吗？你当面去问吧。”

“好吧。”女生有些不甘心地接受了我这个答案，转身一脸犹豫地朝亚伦走去。

她的离开让人群刚好空出一点缝隙，我抬头便能看见亚伦。他正悠闲地坐在座位上，就算只是背影也那么帅气。而在他的身边围着一大群女生，她们的脸上全都带着羞涩的表情，正激动地说着什么。

我冷哼了一声，可心里不知为何有点酸酸的。

不愧是圣洛瑞戈的黄金单身汉，走到哪里都有女生倒贴上去。而他在拒绝别人的同时，还能游刃有余地将她们都哄得很开心。

想到他在外面哄着别的女孩，在家里却对我非常严厉，说话从来没有一句好听的，总是语不惊人死不休，我心里就更加不爽了。

正所谓眼不见心不烦，我收回了目光，示意面前的人继续提问。

“晓琳，你以后回到圣洛瑞戈了，可不可以邀请我们去参观你住的宫殿啊……”

“对啊！好想知道公主会住在什么样的地方……”

“给我留个签名吧……”

“可以合个影吗？”

……

一个个问题接二连三像连珠炮一样朝我袭来，面前的人也慢慢散开。等到只剩几个人的时候，我突然震惊地发现站在我面前的男生居然是金恩宇！

我的脸骤然红了起来。

尽管已经过去一段时间了，但是我仍旧忘不了那天晚上的梦。梦中的我变成了公主，金恩宇还邀请我跳舞……

我屏住了呼吸，睁大眼睛望着他。

在亚伦出现在我的世界之前，金恩宇一直是我心目中的白马王子。他是学校篮球队的队长，多次代表学校参加各种各样的比赛，长相也相当俊美。

他和亚伦是完全不一样的男生，亚伦皮肤偏白，算得上是唯美型的，而金恩宇因为长期的室外曝晒，皮肤呈健康的小麦色。他总是穿着无袖运动衣，将结实的手臂露出来。

他几乎可以说是整个学校所有女生的梦中情人。

我当然也不例外。但是以前的我只能躲在远处偷看他打篮球，从来不敢接近他，尽管亚伦出现以后这个名字再也没浮现在我脑海里过，但今天看到他，我还是免不了内心悸动。

他正笑眯眯地看着我，笑容如同璀璨的阳光。在我发愣的一刻，他把一个蓝色的信封递给了我：“晓琳，我是来邀请你参加学校举办的精英派对的，这是请柬。当然没有强求你来的意思，有时间就来吧，还是很有意思的。”他的声音如同流动的音符。

精英派对？

这个我还是听说过的。这个派对一年举办一次，邀请的都是成绩优异、人气高，或者是对学校贡献大的人。以前也只是听闻，没想到现在我居然有资格参加了。

这种被重视的感觉还挺好的。

我开心地冲着他笑了笑，伸手接过他手里的请柬：“我会尽量去参加的。”

“那我等你哟。”他冲我眨了眨眼睛，转身跑出了教室。

下课的十分钟休息时间我全都用来回答同学们的问题了，甚至还没来得及起来活动一下，上课铃就响了。

我叹了一口气，在书包里摸索了半天才把书拿出来，抬头一看，发现那几个围在亚伦身边的女生竟然迟迟不愿离开。

不知道亚伦说了什么，把她们逗得脸上都是满满的笑容，看得我心里酸味翻涌。

我想收回目光，却发现自己的目光就像是黏在了亚伦身上一般，怎么也移不开，最后只能闷闷地躲在后面偷看他们。

就在这个时候，一个穿着妖娆的女生将手搭在了亚伦的肩上，若有若无地用指尖轻轻在他背上勾画着，似乎在写什么字，又像只是随意的动作。

她的嘴唇微微嚅动，用灼热的目光注视着亚伦，在他望过来的瞬间还冲他眨了眨眼睛，嘴角上扬，露出魅惑的笑容。

哼！太过分了！

我在心里哼了一声，真想冲过去把她的手从亚伦身上扯下来。

我只感觉到自己的双手在发抖，心里很不是滋味。

可是……可是为什么会有这种感觉，难道我喜欢亚伦？

不可能，不可能！

我怎么会喜欢他？

他再帅再好再有钱再有气质，我也绝对不可能喜欢他。大概……大概只是看不惯那个女生的行为，所有才会有这样的冲动吧。

这样想着，我心里稍稍平静了一些，默默低头看着书本。

忽然有一瞬间，我觉得自己还是以前那个林晓琳——胆小、懦弱。就算知道现在的自己拥有至高无上的权力以及万人景仰的身份，我却不敢公然冲到亚伦的身边。我还是怕，怕大家的目光，怕自己成为瞩目的焦点。

我伸出双手，将脸深深地埋进了手掌里，不去关注亚伦那边发生的事情。

一天的时间过得飞快。不过是一天，学校里那些以前认识的或者不认识的，还有本来关系很不好的人都来找我聊天，甚至还有许多学校重量级的人物找来，让我格外受宠若惊。

而亚伦身边也一直围绕着形形色色的女生。如果说第一节课下课还只是班上的女生，那接下来全校最好看的女生都聚集在了我们班教室里，看得班上的男生眼睛发直。

一直到放学，我都没有再和亚伦直接接触过。

不过，好在今天还算平静。

就这样一直熬到了放学，同学们陆陆续续离去了，我收拾好了书包，默默地望向亚伦。

有几个女生还锲而不舍地在亚伦面前搔首弄姿，想要博取他的欢心。

我从座位上站了起来，不爽却又不得不一步步走到亚伦面前，直接用肩膀将一个女生撞开。

“喂，你干什么……”女生后退两步，愤怒地抬起头，却在看到我的瞬间，话音戛然而止。

我不耐烦地看了她一眼，她立刻窘迫地低下了头，又后退了几步转身跑出了教室。

感受到我的目光中散发的冰冷气势，其他女生也知趣地跑开了。

直到周围的人都走了，我才将目光移到亚伦身上，伸手拍了拍他面前的课桌，没好气地说：“放学了还坐在这里干什么？这里是学校，不是博物馆，你要当展览品别拉上我，我还要回家。”

“这主意不错。”他饶有兴味地扬起一丝笑容，原本就帅气的脸更加迷人了。

虽然他嘴上是这么说的，但是那双修长的手已经收拾起了课本。很快书包就收拾好了，他将书包往背后一甩，从座位上站了起来，朝我伸出手：“公主殿下，跟我回家吧！”

我一把拍开他的手，睨了他一眼，转身就往外走。

他就这么跟在我后面，我们一前一后出了教室，下了楼，走在绿树成荫的道路上。

我忽然想到今天金恩宇给我的那张请柬，脚步慢了下来。

亚伦很快走到了我的身边，他挑起眉，伸手戳了戳我的脸颊。

我被他突然的动作吓到了，手条件反射般地握成了拳。

他却冲着我魅惑地眨眨眼：“你怎么一副气呼呼的样子，难道是气我跟着你来上学？我只是怕你遇到记者又像上次一样不知道该怎么应对，所以跟过来帮你的。”

我冷哼了一声，不搭理他。

“林晓琳，你到底在闹什么脾气，我不是没有干扰你吗？”

我瞥了他一眼。

是啊，你忙着跟漂亮女生聊天，当然来不及搭理我，估计完全把我这号人抛在脑后了吧。

心里突然冒出的想法让我骇住了，我慌忙低下头望向地面，无措地从衣服口袋里掏出那张被我捏得起了褶皱的请柬，支支吾吾地说道：“有同学邀请我去参加学校一年一度的精英派对，我在考虑要不要去。”

我本来以为亚伦会直接开口否决，却没想到他点了点头：“去吧，多参加一些这种派对有助于提升你的应变能力以及社交能力。”

“啊？”我抬起头茫然地看着他。

他却像揉弄小动物的毛发一样伸手轻轻揉着我的头发，那温柔的力道让我有些恍惚，就像自己的心脏也被什么温柔的东西轻抚着一样。

“虽然我说过会对你严格要求，可也不是蛮不讲理的。你可以活得像以前一样，就算穿运动服来上学也无所谓，因为那是你掩盖不掉的过去，所以我们也不需要再对外界刻意隐瞒。我发现，不能对你那么苛刻，否则你就会想逃避。”

听到他的话，我完全愣住了。

固执霸道的亚伦殿下居然对我说——不能对我那么苛刻？

见我傻傻地望着他，亚伦嘴角扬起的弧度加深，他抬手轻拍了一下我的脑袋，话锋一转：“不过，有一项最基本的你还是得做到——作为王室的人，负面新闻这种东西是绝对不可以有的！”

“这个放心啦！”我想也没想，拍拍胸脯对他保证道，“我林晓琳活了十几年都没有过绯闻，你可以完全相信我。”

亚伦这才满意地缩回了手，揽住我的肩膀继续往前走。

气氛一下子轻松起来。

我有些心痒痒，犹豫了半晌终于开了口：“对了，今天我看到很多女生围着你。”

“嗯？”他微微眯起眼睛。

他的回应让我鼓起了勇气，将心中的话一股脑说了出来：“学校里好多女生都是这样，看到帅哥就犯花痴，你可千万别受她们的诱惑。”

“哦，是这样吗？”

“其实你也不是不可以跟她们说话，但要是她们邀请你去什么乱七八糟的地方就不要去了，你无意间的善意举动在她们看起来也许就是暗示。”看到亚伦不以为然的样子，我忍不住又多唠叨了几句。

第九章 09

CHAPTER

佑赫的告白

1.

清晨。

露珠在阳光的照射下散发着晶莹剔透的光芒，衬得叶片更加清脆嫩绿。

我在床上懒懒地翻了一个身，继续做啃鸡腿的梦。

忽然——

“在山的那边海的那边有一群蓝精灵，他们活泼又聪明……”

手机铃声骤然响起，让我啃了一半的鸡腿“啪”的一声掉在了地上，我骤然从睡梦中惊醒，猛地坐了起来，看着床头还在欢快歌唱的手机，揉了揉蒙眬的眼睛，不满地嚷嚷着：“谁那么欠揍，打扰本姑娘的好梦。”

我一把抓起手机，连屏幕上跳动的名字都懒得看，直接接通，没好气地说：“有话快说，有屁快放。”

对面的人被我吼得一怔，紧接着一个低低的带着威胁的声音在我耳边响起：“林晓琳！你是猪吗？都几点了？还在睡觉！”

这个声音让我脊背发麻，整个人瞬间清醒了不少。

完了！

我的脑海里只剩下这两个字。

我怎么忘了我刚换了手机以及SIM卡，所以现在知道我手机号码的只有妈妈和亚伦。妈妈在房间外面自然不可能给我打电话，所以刚才我一定一不小心得罪了大魔王亚伦。

完了，完了，完了！

我抱着枕头急得不可开交，却嘴硬地回答他："你难道不知道年轻人都很能睡吗？这说明我身体素质好，还没老！"

"什么乱七八糟的。"他被我逗笑了，数落了我一句，竟然没有生气，声音也不如刚才那般低沉了，"我打电话过来是要告诉你，我有事情要处理先回圣洛瑞戈王国了，今天你自己去上学吧。"

"哦，我知道了。"

"在学校要乖一点儿。"

"这还用你说吗？"我语气上扬，一副理所当然的样子。

想到不用受亚伦的看管了，我心中一阵窃喜，故意说："你要是有什么重要的事情就慢慢忙，不用太急，我可以照顾好自己的！"

"那好吧，我先去忙了。"他没有听出我话中的其他含义，匆匆交代了两句就挂断了电话。

没有人随时跟在身旁监视自己，我顿时感觉轻松多了，像往常一样吃了早饭后，蹦蹦跳跳去了学校。

我到了教室，刚坐下拿出第一节课要用的课本，一个黑影突然挡住了我面前的阳光。

有完没完？

我以为又是昨天那些排着队来对我“嘘寒问暖”的同学，心里不禁有些厌烦。

昨天碍于亚伦在场，我只能一一应付，今天他不在，谁还管他们啊。

我没好气地抬起头刚准备用冰冷的语气喝退他们，突然发现站在我面前的竟然是美琪。

她穿着一件格子连衣裙，柔顺的头发披在身后，手里捧着一个盒子，有些紧张地看着我。看到我抬起头，她才噘着嘴不满地说：“晓琳，为什么你的电话一直打不通？”

“亚伦前几天给我换了新的电话号码，我还没来得及告诉你。”她的话让我一阵窘迫，立刻伸手从空白作业本上撕了一张纸，写下号码递给她。

她接过字条，然后将纸盒放在我的桌子上，随手拉开旁边的椅子坐了下来：“那天本来说好和你一起去那家新开的蛋糕店的，结果我突然肚子疼……然后你和哥哥还没走到店门口就发生了意外的事情。今天我提前出门去给你买了蛋糕。”

我低头看了一眼纸盒。

盒子很精美，上面有手绘的花纹，顶端交错的搭扣是用透明塑料制成的，让人一眼就能看见盒子里的东西。

而盒子里是我最爱吃的草莓蛋糕，草莓酱闪亮闪亮的，上面插着一片薄薄的白巧克力，巧克力旁躺着半颗草莓。

可是……

吃了早饭的我实在是吃不下这个蛋糕了，便随手将盒子塞进了抽屉里，再抬头的时候发现美琪的眸子里闪过一抹奇怪的神色。

她眸色暗了暗，抿了抿唇，似乎要说什么却终究没有说出来。

空气仿佛凝滞了，压抑的气氛让我有些不知所措。我不知道发生了什么事情，但是心里有着浓浓的不安，只能望着她。

她也凝视着我。许久她才开口，声音连同看我的目光都变得冷淡了许多：“你今天晚上是不是要和我哥去看演唱会？”

演唱会？

我一愣，紧接着恍然大悟。

那天放学和佑赫哥一起去蛋糕店的时候他提起过演唱会的事情，当时我欣然答应了。

被亚伦飞车劫走以后，好多事情都被我抛在了脑后，现在美琪提醒，我才想起来。

可是……

我低头偷偷从书包里拿出昨天金恩宇给我的精英派对的请柬，上面的日期也是今天晚上。

“算了，你不用说了，我知道了。”我还没有回答，美琪的声音已经冷冷地在我身旁响起，瞬间让我有一种整个人置身于冰窖中的感觉。

我把请柬直接塞回了书包，着急地抬起头看着她，却发现她转身要离开。慌忙之中，我伸出手抓住了她的裙摆，咬了咬下唇，说："我今天晚上有事情……真的去不了演唱会。我不是故意的，我……"

她扭过头来失望地看着我，声音也无比低沉："不用解释什么，不能来你可以早点儿告诉我们，何必让我哥哥激动地等了那么久，才告诉他是空欢喜一场呢？"

"不是，真的不是。"她的语气让我的心如同跌入了谷底，"你也知道……最近发生了很多事情，我一乱就容易忘事。"

"所以你其实还是忘了。"

我还想解释："我……"

她却迅速打断了我，让我把原本已经到了嘴边的话全部吞回了肚子里。她冷漠地看了我一眼，嘴角勾起一丝冷笑，眉毛也轻轻挑起，声音却轻描淡写到让人心寒："成为公主的你，果然跟以前不一样了。晓琳，我很不习惯面对现在的你，在你变回以前那样之前，我们还是不要有太多的交集吧。"

她的话让我完全愣住了，连她什么时候拂去我拽住她裙角的手都没发现。直到她离开了好一会儿，我才回过神来。

身体瘫软下来，我泄气地趴在桌面上，将脑袋深深地埋在双臂间，愣愣地出神。

一直都是亚伦在为我制订各种改造计划，我以为自己没有习惯，还埋怨他，但原来我早已不知不觉适应了他的方案，在不断发生变化吗？

我没有以前那么懦弱了，敢于面对困难和挑战了，可是……

我看人的眼光似乎也和以前不一样了，甚至在这段日子里完全忽略了我的好友，还忘了曾经答应过和佑赫哥一起去看演唱会。

如果……如果刚才我没有把蛋糕随意地塞进抽屉里，而是直接打开品尝，是不是又会不一样呢？

我直起身子，低头望向抽屉里那个包装精致的蛋糕。爱睡懒觉、经常和我一样掐着时间跑进学校的美琪今天早早起来去买的蛋糕却被我忽视了，她一定很伤心。

我默默地垂下眼帘，从书包里掏出亚伦刚给我买的手机，输入那个熟悉的电话号码，想发条短信过去，却半天不知道应该说些什么。

许久，我才在短信编辑栏里写下“对不起”三个字，发了出去，然后将手机重新收回书包里，闷闷不乐地趴在桌子上。

2.

不知道是大家的热情都在昨天消耗光了，还是今天亚伦不在的缘故，一整天都没有什么人来打扰我。我因为早上美琪的事情心里一直堵着，自然也乐得清静。

而我发给美琪的那条短信，如石沉大海一般，没有回音。

时间一眨眼就过去了，很快就到了放学的时候，我收拾好书包准备先回家放东西，然后再去参加精英派对。

刚走出校门，一辆黑色加长林肯车陡然停在我的面前。我刚想绕过车子继续走，车门却在我的面前打开了。

穿着西装的司机下了车彬彬有礼地对我鞠了一躬："公主，亚伦殿下知道您今天晚上要参加派对，特地派我来接你。"

咦？

我眨了眨眼睛，望着面前的司机。我明明只告诉了亚伦我受邀参加一个精英派对，并没有告诉他是什么时候，他怎么知道？

下一秒我就恍然大悟了。

他们会邀请我去参加精英派对是因为我现在身上多了一层公主的光环。其实把我扔进人堆里，不告诉别人我是公主，在别人眼里我也就是一个普通人。

但是亚伦不一样。他从小含着金汤匙出生，在全球各种媒体前露面，甚至出访各国，处理国家大事，身上的光环是与生俱来的。

我都收到了邀请，他虽然只是申请上几天学，但肯定也在受邀之列。只是他不屑于参加，但并不阻止我去体验而已。

想到这里，我心里不禁对亚伦缜密的处事方式感到钦佩，便放心地坐进了车子里。

司机贴心地帮我关好车门后，才坐回驾驶座，发动了车子。

现在正值下班、放学高峰，而学校外面这条道路是主干线，所以十分拥挤。平时我都是走路回家没什么感觉，今天总算是体会到了那种堵得水泄不通的痛苦。

好在现在离派对开始还有好几个小时，我也不着急，靠在椅背上玩起了手机。

换了智能手机后，我充满新奇感，一次性把那些以前只能看别人玩的游戏全部下载了下来。可是玩了一会儿游戏，我又觉得有些索然无味，忍不住打开了收件箱。

收件箱还是空空如也。

美琪已经打算完全忽视我了吗？所以就连我的道歉也不愿接受了？

我拿着手机的手黯然垂落，心里有些刺痛。

脑海里再一次浮现出早晨她看我的目光，不再如往常那般亲密，而是充满了疏离和失望。

我知道这件事是我的错，是我这段时间对她的忽视以及对佑赫哥的违约给她造成了巨大的伤害。

可是我们这么多年的友情，难道就要从我身份转变的那一天开始完全破裂吗？

我只觉得心里闷得慌，偏过头往车窗外望去。

快到夏天了，天黑得晚，明明已经是下午六点，却还如同中午一样亮堂。

街上到处都是来来往往的路人，他们三三两两结伴而行，欢声笑语似乎都与我无关。

高档车隔音效果果然好，我只看得到他们的喧嚣，却听不到任何吵闹声。

大概是前面的红灯终于转为了绿灯，一直停滞不前的车流又重新流动起来。很快，学校消失在了我的视线里。

司机并没有送我回家，而是直接把车开回了亚伦的古堡。

到达古堡的时候，天色比刚才稍微暗了一些。

我穿过庭院刚进古堡，侍女便迎了上来接过我手里的书包，然后礼貌地退到了一边。

一个年迈的管家彬彬有礼地对着我弯了弯腰，做了个有请的姿势，微笑着说：“公主殿下，Meg已经在里面等你了。”

我顺着她指的方向进了一旁的房间，Meg果然正风情万种地斜靠在梳妆台旁，一条腿微屈，手里拿着一把别致的银色裁衣刀。

屋子里的灯光很温暖，照亮了每一个角落。整个屋子的布置很独特，进门左侧空荡荡的，墙上镶嵌着一面巨大的镜子。镜子的一侧是一个悬空的平台，上面放着各种化妆品。

而屋子的右侧挂着一件件精美的礼服，礼服上点缀的钻石在灯光下熠熠生辉，看上去价值不菲。

在看到我进来以后，Meg扬起一抹笑容，放下裁衣刀冲我眨了眨眼睛：“我的小公主，你怎么还是打扮得那么随意呢，快让我来改变你吧。”

“扑哧……”他的语气让我忍不住笑了起来，辩驳道：“还好吧，亚伦说我比以前好多了。”

“的确是好多了，但是女孩子嘛……总是希望自己越漂亮越好，不是吗？”他冲着我抛了一个媚眼，忽然直起身去一旁拿起一件粉色的及膝裙朝我走了过来，在我身上比画着。

“太鲜艳了！”我看了一眼他手里的裙子，上面缀着繁复的蕾丝，就如同芭比娃娃穿的衣服一般色彩缤纷，我忍不住皱了皱眉，“穿这个去派对会不会太显眼了？”

我打心眼里不喜欢这个颜色，所以直接否定了。

“小公主，你真是天真啊，你以为他们今天举办这个派对是为了什么？就是为了讨好你啊！其实你早就被默认为今晚的主角了！”Meg见我不喜欢，也没有强迫我，转身将手里的裙子重新挂了回去，然后拿了一条蓝裙子递给我。

被默认为今晚的主角？

他的话让我有些茫然。

不是学校照惯例举办的精英派对吗？虽然我听说过这个派对，可是从来不知道派对的内容。应该是很正式的派对吧，不知道有没有校领导参加……

“别想多了，快去换上，等会儿还要化妆呢。”看出我心中的疑惑，他用手指点了点我的脑袋，将裙子塞进我的手里，推着我朝更衣室走去。

我被他一直推到房间里的更衣室门口，这才回头望了望他，然后推门走了进去。

礼服比起别的衣服繁复许多，我小心翼翼地整理了半天才换上，生怕一不小心扯坏它。

我换上礼服推开更衣室的门刚走出去，Meg就轻轻地将一双镶着蓝宝石的高跟凉鞋放在了我面前。

我换上鞋子，非常合脚，似乎是为我量身定做的一般。

穿好鞋子后，我才紧张地抬起头望向那面巨大的镜子。

毕竟我穿得这么正式的次数实在是不多，所以从换上小礼服的一瞬间开始，我就感觉身体紧绷了起来。

说不紧张是不可能的，我总是害怕穿在身上会不好看，糟蹋了这件礼服。所以在看到镜子里的自己那一刻，我也微微松了一口气。

礼服不长，刚及膝盖，露出了修长白皙的小腿。腰部收得很紧，上面点缀着一个丝绸制成的蝴蝶结，蝴蝶结的下摆轻盈无比。

这是一件抹胸礼服，让我好看的锁骨全部露了出来。头发还没打理过，发丝稍微有些凌乱，垂在胸前。

“哎哟，不错哦。”Meg站在我身后不远处，望着镜子里的我，双手抱在胸前，用滑稽的语气说道。

“那当然，也不看看我是谁！”我昂了昂头，接过他的话，然后主动坐在了化妆镜前的椅子上。

见我乖乖坐好了，他也没有怠慢，直接拿起桌上的梳子为我梳理起了头发。

时间就这么不知不觉过去了。

3.

Meg把时间掐得很准，在派对开始的半个小时前，他给我化完了妆。

镜子里的我就像一个陶瓷娃娃一样，吹弹可破的皮肤上有一抹红润，头发被高高盘了起来，发髻上戴着一个晶莹剔透的发卡，只有耳畔垂着两缕头发，整个人显得干净利落。

我拿着请柬跟随司机上了车，离开了古堡。

天色已经渐渐暗了下来，街道上的行人比起下午少了许多，马路两旁的路灯准时亮了起来。

车子很快就到达了目的地。

这是一栋大概两层楼高的建筑，灯火通明。

建筑外面是一个偌大的庭院，侍者正站在门边彬彬有礼地接待来宾。

这里比起上一次亚伦带我参加的宴会，档次看上去差了很大一截。

这样想着，我原本还有些紧张的心情立刻放松了许多。

不就是学校的精英派对吗？连上次那种宴会我都参加过了，这种小场合有什么好怕的！

我一边在心里给自己鼓劲，一边推门下了车，抬头仔细打量了一下面前的这栋建筑，深吸了一口气便朝里面走去。

经过庭院平坦的道路到了门口，我将请柬交给了离我最近的一名接待人员检查。

检查完我的请柬，侍者才微笑着鞠了个躬，说："小姐，请跟我走。"

"嗯。"我点点头，跟在他后面走了进去。

里面的灯光明亮无比，再加上到处都一尘不染，让一切显得更加刺眼。

穿过一条长长的回廊以后，便到了晚会大厅门口。

侍者恭敬地侧身做了一个有请的手势："请进吧。"

我抬头望去，大厅里面都是盛装打扮的人，有许多熟悉的面孔，有几位学校领导，还有学生会主席和副主席以及各大社团社长。

这些人我以前只是远远地看见过，从来没有近距离接触甚至交流过，所以我内心纠结了一番以后，最终还是偷偷溜了进去，站在一个角落里。

大厅中间有一个偌大的舞台，不同的是上面没有像上次那样摆着一架华丽的钢琴，而是直接用音响播放着音乐。

平缓的音乐流淌在整个大厅里。

我随手拿起一杯红酒，找了一个地方靠着。

周围的人脸上都带着官方的笑容，碰面也只是打个招呼，并没有太多的交流。

我打量了一下四周，实在是提不起与那些不熟悉的人打交道的兴趣，便将目光落在了放红酒的长桌上。

长桌的另一侧放满了各式各样精美的甜点。早已过了吃晚饭的时间，但还没有开餐，我已经饿得不行，双脚瞬间不受控制地朝那里走了过去。

我凑过去看了好几眼，馋得不行，却又怕偷吃被人发现，只能吞吞口水努力忍住。

眼不见为净！

我眼巴巴地看了几眼食物，果断收回了目光，毅然转身，却被出现在我身后的人吓了一跳。

是金恩宇。

见我转身，他扬起帅气的笑容，充满磁性的声音在我耳边响起："晓琳，你来了。"

他的英俊帅气是不可否认的，在明亮的灯光下，他显得更加阳光。

今天的他穿着一身西装，和平时穿运动服的感觉完全不一样，却有着一种别样端庄的气质。

虽然我很不想承认，可是在看到他的那一秒我还是瞬间涌起一种梦幻的感觉，直到他再次喊我，我才回过神，赶紧往后退了一步，身体抵在了后面的桌子上。

等等……

林晓琳，你在做什么？别人只是和你打招呼而已。

我的脸陡然涨得通红，想要装出没事的样子跟他打个招呼，却发现自己说出来的话结结巴巴的："嗨！我刚……刚到，肚子有点饿……"

话音刚落，我的脸更烫了，垂在身侧的手轻轻揪住裙摆。

淡定！

要淡定！

又不是没见过帅哥，不能在这种派对上犯花痴丢脸，要是亚伦知道了肯定会被他笑死！

我在心里把这句话默念了好几遍，心竟然平静了下来，脸也没那么烫了，便重新抬起头望向他，微笑着说："我刚过来，很多人都不认识，要不，你帮我介绍一下？免得等会儿被大家发现我偷偷跑进来多不礼貌。"

"不用那么麻烦，他们不会管那么多的，你认识我就行了。"

我茫然不已。

金恩宇面带微笑，目光灼灼地望着我。

不知为什么，我没有那种心跳加速的感觉，反而觉得很不自在。

"啊，晓琳，你在这里啊！我等你好久了呢！"一个无比热情又谄媚的声音传入我的耳里。

我不由得松了口气，迅速朝声音传来的方向看过去。

原来是李敏英。

她今天穿着一件贴身的红色小礼服，化着浓妆的脸上堆满微笑。她居然非常热情地挽住了我的手臂。

“晚上好……”我语气僵硬地回应道。

我其实很想立马抽出手臂来，但是想想金恩宇那火辣辣的目光我又觉得还是跟李敏英在一起自在一点儿，于是忍住了。

“晓琳，那边有很多朋友想认识你呢，要不我们过去一下吧……”李敏英抬手给我指了一个方向。

我发现那边的那群人都是学院里的风云人物，是我以前只可仰望的。

我不由自主地跟着李敏英走了过去。

人们立马围住了我。

“哇，晓琳，你今天好漂亮……”

“这身衣服很贵吧！不愧是公主殿下……”

“圣洛瑞戈最帅的亚伦殿下是你的叔叔吧？呵呵，不知道晓琳你愿不愿意介绍他给我们认识呢……”

“这种事别烦晓琳公主啦！我这里有一份见面礼要送给晓琳公主呢……”

“我也有见面礼……”

……

十五分钟后，我终于找了个去洗手间的借口从热情得不得了的人群里逃出来了。

这帮人平时高高在上，没想到居然对我这么热情呢，虽然热情得有点儿让我受不了了。

从洗手间出来后，我趁人不注意偷偷从餐台上端了个盘子，装了些东西躲到了一个偏僻的角落，准备吃点东西填饱肚子。

谁知道才过了不到两分钟，就有人朝我躲藏的角落走过来。

嘴里塞着一个鸡腿的我为了保住面子只好把自己完全缩到了阴影里，放缓了呼吸，打算等他们走了再出来。

来人是李敏英和金恩宇。

不过，他们的表情似乎不太友善，好像刚刚吵过一架似的。

“晓琳去哪里了，敏英？”金恩宇环视一周后问李敏英。

“我怎么知道，我又不是那丫头的跟屁虫。”之前还亲热地叫我晓琳的李敏英此刻口气变得无比刻薄，她怨恨地瞪着金恩宇，“我告诉你，你别以为我不知道你那点小心思。你不就是看那丫头成了公主，想趁机迷惑她巴结上她吗？哼，我是绝对不允许的！”

“李敏英，你有什么资格说我？你有什么资格不允许？”金恩宇此刻的表情也很不好看，“不要以为我和你交往了几天你就可以多管闲事。我告诉你，我就是想跟晓琳好！晓琳可是公主，如果她跟我交往，那么我也能成为真正的贵族了……”

听到这些话，我惊讶得嘴里的鸡腿差点掉下来。

金恩宇居然这么龌龊！我之前真是瞎了眼才会觉得他是理想对象！从前我灰头土脸的，他根本不搭理我，现在知道我是公主了居然动起了歪脑筋！

浑蛋！

恶心的浑蛋！

“哼！那个臭丫头走狗屎运才当上了公主，没容貌没身材的……一想到我以后每天都要卑躬屈膝巴结她我就恶心，你居然还想踹了我去讨好那丫头，我不允许！”李敏英的声音变得尖锐起来。

“你别那么在意！等我成为贵族也不会少了你的好处！反正林晓琳挺笨的，随便夸她几句，她就美得找不着北了……”

“呵呵，没错，那丫头哪怕当上了公主也还是那么蠢……”

……

他们你一句我一句地嘲讽着我。

那些话传进我的耳朵，让我都快气炸了。

我再也忍不住了，把鸡腿丢到盘子里，然后把盘子往旁边重重一放，响声惊动了那两个人。

“谁？”

我黑着脸从阴影处走出来，然后就看到原本带着得意笑容的两个人脸色变得惨白。

“晓琳……”

“哈哈，是晓琳啊，你什么时候过来的？我正想去找你呢！”厚脸皮的金恩宇装作若无其事的样子说道，然后朝我走近，还伸出手想来拉我。

我嫌弃地后退，冷冷地阻止了他：“站住！不要靠近我！你们刚刚说的话我都听到了！”

“晓琳啊，刚刚我跟金恩宇只是在说笑，你千万别放在心上。我是真心想跟你做朋友……”

“是啊，其实我们没有恶意的……”

看到他们神色慌乱地想跟我解释，我的语气越发冷漠了：“我林晓琳不是傻瓜！你们藏着什么心思我都知道！我真后悔来参加这种无聊的派对！”

一想到自己伤了美琪的心，拒绝了佑赫哥的邀约，来到这种地方却被一些当面一套背后一套的小人算计，我就郁闷不已……

我真是自作自受!

“晓琳，给我一个解释的机会，我是真心想和你做朋友……”金恩宇装出一副深情款款的样子，似乎想博取我的同情，但是我根本懒得理睬他。

真心和我做朋友?

以前都是我默默在操场旁偷偷看他打球，他哪里会知道我这号小人物，要不是我公主的身份突然曝光，估计他连我是谁都不知道吧。

眼看着有很多人好奇地朝这边望过来，我懒得跟面前的两个人纠缠，转身离开了。

也许是因为我的身份，没有人阻拦我，我一路畅通无阻地走到了大厅门口，转身朝身后望了一眼。

精英派对?

哪里有什么精英，都是一群自视甚高的小人罢了!

我垂在身侧的手紧紧握成了拳头。我抿了抿唇，毅然转头准备离开，却忽然发现面前多了一个人。

“晓琳！”我还没来得及开口说话，面前的人已经激动地握住了我的手，一双漂亮的眼睛闪闪发光。他冲着我扬起明媚的笑容，露出整齐的牙齿。

“佑赫哥？”尹佑赫的突然出现让我整个人一愣，以为这是幻觉，眨了眨眼睛重新望向他，这才确定不是做梦，涩涩地问道：“你怎么来了？”

许久没有见到他，他依旧如同春风一般温和，仅仅是一个笑容就能抚平我心中所有的波澜。

一直以来我所看到的尹佑赫都是个穿着休闲装的洒脱大男孩，今天的他却穿着一件白色的西装，将他的身材衬得更加修长。

他微微垂下眼帘，眼神里多了一丝黯然：“今天晚上本来是要带你去看演唱会的，后来听美琪说你要来参加学校的精英派对，我就把演唱会的门票送给了别人，过来找你了。”

“我……”一提到美琪，我的脑海里再次闪过今天早上她看我的眼神，心里不禁泛起一阵刺痛，声音也不自觉地低沉了许多，“对不起，是我忘记了上次的约定。”

“是啊。”他那双漆黑的眸子里闪过一丝忧伤，在看向我的时候，嘴边也多了一抹苦涩的笑，“我还傻傻地做了很多准备，想着今天陪你度过一个愉快的晚上，没想到却发生了这么多意外。”

他的话让我的脊背僵硬起来，特别是在看到他脸上失望的神色时，我慌了，连忙开口安慰道：“我们以后还有很多机会可以去看演唱会啊，来日方长嘛。”

“没有什么来日方长了。晓琳，你变了。”

“我没有……”我立刻反驳，却发现自己说出来的话显得那么无力。

为什么，为什么又是这句话？

早上的时候美琪也是用这种眼神看着我，然后告诉我，成为公主的我变得和以前不一样了。

我真的变了吗？

为什么我自己一点儿都没有发觉？

“你变了。”他再一次坚定地说道。

我因为他的话，大脑变得一片混乱：“就算我变了……可是这并不妨碍我们永远做最好的朋友。”

本来就是站在大厅门口，随时都可能会有人路过，在这里讨论这种让我完全不知该如何回答的问题，我简直手足无措。

甚至有一刻，我想撒腿就跑。

而尹佑赫就那样定定地看着我。

就在眼神飘忽不定、呼吸紊乱，开口却不知道应该如何为自己辩解的时候，我突然看到了一只硕大的蟑螂。

蟑螂快速地从不远处朝我笔直地爬了过来，在明亮的灯光下，我甚至能够看到它头顶的触须。

“啊——”

我骤然闭上双眼，尖叫了一声，像抓住救命稻草一样不管三七二十一直接抱住了面前的尹佑赫。

“咔嚓！”

我隐隐约约听到了一个奇怪的声音，却没有心思去细究。

我双手用力抱住尹佑赫，紧闭着双眼，害怕得几乎身上每一根汗毛都竖了起来。

直到——

“好了，没事了，没有蟑螂了。”

一双宽厚的手温柔地拍着我的后背，轻柔的声音在我耳边响起。

紧绷的神经这才松懈下来，我小心翼翼地睁开双眼，确定地上没有蟑螂以后，松了一口气，连忙红着脸松开了尹佑赫。

一时之间气氛变得有些奇怪。

我埋着头，不敢抬头看他脸上的表情。

半晌，我才讷讷地说：“我要回去了，这个派对没什么意思。”

“嗯。”他点了点头，“你走了我也没什么必要待在这里了，我送你出去吧。”

我没有拒绝他，努力平复了一下自己的心情，抬起头冲着他微微一笑，和他一起顺着长廊往外面走。

来到院子里，我一眼就看见了那辆送我来的加长林肯车。司机大概早就预料到我不会待太久，在看到我出来的时候立刻下车为我打开了车门。

不过在里面待了短短一段时间，外面的天色已经完全黑了下来。天空是幽蓝色的，比往日更加深沉了一些，没有月亮，只点缀着几颗星星。

我和佑赫哥道了别便上了车，慵懒地靠在椅背上想着今天发生的事情，觉得整个人都很疲倦。

唉……现在的我，似乎确实和以前不一样了，我却说不出到底是哪里变了。

难道我真的变得让人讨厌了？

4.

古堡。

昨晚司机并没有送我回家，而是直接将我送回了古堡。

我的衣服和书包都在古堡里，加上这段时间在古堡待的时间不短，亚伦早就给我安排了单独的房间。所以我给妈妈打电话报了平安后，就安心在古堡里住了下来。

清晨。

我揉了揉惺忪的眼睛，打着哈欠从被窝里爬起来的时候，早就已经过了上学时间。

侍女给我准备了新衣服放在床头。我换上衣服后，理了理头发，便推门走出了房间。

早上古堡里都是忙忙碌碌收拾准备的侍女们，她们来来往往匆忙的样子与我懒散的模样形成了鲜明的对比。

房间旁边便是餐厅，餐厅里的灯是亮着的，一张巨大的大理石桌上放着早点，桌子旁边照例是放着今日杂志和报纸的推车。

管理推车的侍女看到我走过去以后，脸色变得有些不太好。

这让我有一种不好的预感。

我拉开一张椅子坐了下来，随手拿起一份报纸，刚瞟了一眼，顿时瞪大了眼睛——报纸的第一页放着一张特大号的昨天晚上偷拍到的我的照片！

如果只是偷拍到我的照片，我也不至于那么激动，毕竟我林晓琳什么样子没被拍到过，关键在于，报纸上的这张照片里，我和佑赫哥正以一种暧昧的姿势抱在一起。

我在看见这张照片的一瞬间，眉头就深深地皱了起来。紧接着，我看见了照片上方用浓黑色加粗的字写着“圣洛瑞戈王国继承人不知检点公然调情”这行字。

我气愤不已，一用力便将报纸捏出了褶皱。

这些记者真是拍到什么都可以借题发挥，胡说八道！

我愤怒地将报纸丢到一旁，再看向面前精美的食物，忽然觉得完全没有胃口了。

现在该怎么办？

我突然有些害怕起来，尤其是在想到亚伦离开之前说的那句王室人员绝对不可以有负面新闻的话后。

这次我真的闯了大祸吧……

我痛苦地用双手撑着桌子，陷入沉思中。

直到传来敲门声，我才重新抬起头。

梅丽尔夫人直接走到门边去开了门。

从这个角度，我看不到门外的人是谁，又怕是亚伦回来了，心里一阵紧张，连忙从座位上站了起来想要躲进房间里，却发现从门外走进来的竟然是佑赫哥。

他在看见我的那一刻眼睛里闪现出愧疚的神色，显然是已经看过了今天的报纸。

“我不会是打扰到你了吧？”他问。

“没有。”我摇摇头，朝门边走去。

一想到报纸上的内容，我就生气，心情也不自觉地低落下来。唉，都怪我太不谨慎了。

怕狗仔队又躲在外面偷拍，在佑赫哥进来以后，我连忙伸手把门关上了。

梅丽尔夫人一看便知道他有事要和我说，识趣地退下了。

其他人都离开后，我才重新定睛看着他，迟疑地开口：“报纸上的报道……实在是对不起，我也没想到会被偷拍。要是你觉得对你产生了不利的影响，我会尽量想办法处理的。”

“我不是为了报纸的事情而来的，而是有别的话要告诉你。”佑赫凝视着我，声音里多了一丝难以掩藏的激动，脸也微微涨红，“晓琳，有件事情我在心里藏了很久了，这次正好趁着这个机会告诉你。再憋着，我会憋坏的。”

他顿了顿，眸子里满满都是认真的神色，呼吸急促而凌乱，双手竟然冲动地握住了我的肩，握得我有些生疼：“晓琳，我喜欢你很久了，你能做我的女朋友吗？”

在他话音落下的那一秒，我的大脑像是突然不能思考了。

我愣愣地看着他，脑海里不断回响着他刚才的话，脸上的肌肉仿佛不受控制一般，变得有些僵硬。

佑赫哥……佑赫哥居然……

我只感觉这有些难以想象，却在看见他脸上那真挚的表情的时候，内心忍不住有些触动。

尽管这样，我还是理智地伸手将他放在我肩膀上的手拉了下来，往后退了一步拉开我和他之间的距离，然后深吸了一口气，摇了摇头："对不起，我不能答应你。"

他漆黑的眸子里闪过一丝失落。

就在这时，门外响起了钥匙插入锁孔的声音。

紧接着，"咔嚓"一声，门被人推开了。

我条件反射般地转过头朝门口望去，正对上了一双严厉得让人感觉不到一丝温度的眸子。

那双眸子明明美得像星星一般，却在此时此刻冰冷无比，让整个屋子里的温度也骤然下降，空气仿佛凝滞了。

亚伦就这么保持着握住门把的动作，远远地看着我，脸上没有一丝笑容。他如同来自地狱的使者一般，让气氛变得无比压抑。

第十章 10

艰难时刻重获爱与勇气

CHAPTER

1.

空气瞬间凝滞了，让我有些喘不过气来。就在看到亚伦的那一瞬间，我的身体完全僵硬了。

我屏住呼吸凝视着亚伦，心脏仿佛不是自己的一般，“扑通扑通”狂跳。

我只感觉到自己的耳根有些发烫，我想我的脸一定涨得通红，却不敢有多余的动作。

我甚至连低下头或者将目光移开都不敢，只能这样死死地盯着亚伦，仿佛在等待裁决般。

终于，亚伦严峻而充满逼迫感的声音打破了沉默。他愤怒地将手中的报纸往我身旁的窗台上一摔，上前两步逼近了我，身上笼罩的那种阴霾的气息似乎要将我吞噬：“林晓琳，你知不知道你做了什么？”

“知道。”我被他骇人的目光吓得慌忙低下了头，却又不敢不回答，只好小声开口，声音都在颤抖。

“我稍微对你放松一点，允许你去参加派对，你就拿这样的新闻回报我？你去之前答应了我什么你还记不记得？你口口声声说绝对不会传出绯闻，现在呢？不仅有绯闻还被拍到了这种劲爆的照片，你把答应我的话抛到哪里去了？”他阴森森地看着我。

“我……”

“亚伦先生，晓琳是无……”

佑赫哥似乎想帮我解释，却被亚伦无情地打断。

“不要跟我解释那么多！林晓琳，现在圣洛瑞戈王国本来就不太平，因为老国王去世以后，迟迟没有人来继承王位，那些大家族都在打王位的主意。你的出现本来就十分突然，我们为了说服他们接受你要费不少力气，你不快一点改变自己让自己上得了台面，反而还在这里胡闹？你知不知道大家都在觊觎你的位置？你以为等到他们其中有人造反抢了王位，你这个公主能当得那么太平吗？简直是在做梦！”

亚伦的语气越来越冷，每一个字都像刀子般戳着我的心。

“林晓琳，你到底知不知道作为一个公主你应该做些什么？如果不是我提前回来，你现在还在和他胡闹！”亚伦手一扬，指向了尹佑赫。

我被他吼得完全抬不起头来，脊背也僵硬得有些难受，垂在身侧的双手只能无助地揪住衣摆。

是啊，我的出现的确十分突然。

我本来就不是公主。

我就是一个平凡的女生而已，谁愿意接受一个不知道从哪里冒出来的人继承王位，统治国家？到时候不知道国家是更加繁盛还是走向衰亡。

可这是我想要的吗？我好好的日子被亚伦这个“不速之客”破坏了，到头来还要被他指责。

我越想越委屈，眨了眨眼睛，感觉眼眶都湿润了。

我甚至不知道现在的自己还剩什么！

就算突然告诉我我不是公主了，我可以回到以前的生活里了，那我也早就什么都没有了。

学校里的人因为我拥有的身份、背景而谄媚地讨好我，就连以前我仰慕的金恩宇也想着要巴结我，可那些都只是虚情假意而已，都是建立在我光鲜亮丽的外壳之上的。

而美琪已经被我无意间的举动伤害了，甚至不愿意再和我做好朋友，连我道歉的短信也不回。

今天报纸上的内容加上我的拒绝，可能会让佑赫哥也彻底远离我吧？

越来越多的想法让我心里堵得不行。

这时，亚伦的声音再一次在我头顶响起：“你别装哑巴，你以为一句话不说就可以解决这件事情吗？”

我不禁猛然抬起了头。我这一抬头，眼眶里的泪水再也止不住，顺着脸颊滑落了下来，狼狈不已。

我用袖子胡乱抹了抹眼泪，装作无所畏惧的样子大声回击道：“你有什么资格在这里对着我大喊大叫？又有什么资格指责我的朋友？难道让我的生活变得一团糟的人不是你吗？”

我吸了吸鼻子，再次伸手抹去眼泪，恶狠狠地瞪着他，将心里积聚很久的怨气全部宣泄出来：“我本来正常的生活习惯在你这里全部变成了不可以，你已经改变了我这么多，你还想要我怎么样？我知道了，你就是想让我失去所有朋友，然后只听从你的命令，做你的傀儡，对吗？看着我的朋友一个个离我而去，你很开心是不是？你口口声声说王室成员绝对不能有绯闻，其实是变着法子不让我和人交流，对不对？”

“你在胡说什么……”亚伦没想到我会反击，一时之间没有反应过来，原本阴沉得吓人的脸上多了一分惊愕的神色，他那双漂亮的眼睛微微眯了眯，目光还是紧紧锁定在我的身上，“你在怪我？”

我不知道该怎么回应，慌乱之中看了一眼站在他身后的佑赫哥。

佑赫哥也正担心地看着我，见我望向他以后还偷偷举起手做了一个加油的姿势给我打气。

他一个简单的动作让我慌乱的心稍稍安定了下来，我重新鼓起勇气看向亚伦。

既然一切都已经说出口了，那么这一次我一定要为了自己的权益争取一下。我林晓琳既然当了这个公主，以后就是要继承圣洛瑞戈王国王位的人，那又怎么能什么事情都任人摆布？

这样的我，还不如一个傀儡！

我一字一句清晰地说道：“总而言之，今天报纸上的事情是我的错。虽然昨天不小心被拍到了那样的照片，但这并不能成为你乱给我扣别的帽子的理由！佑赫哥是我从小到大的好朋友，不管媒体怎么说，我们的友情是不会改变的，并不是你说的什么胡闹。我现在的生活已经够混乱了，这根本就不是我想要的！你知道吗？我答应了你，为了成为一个合格的公主按照你的要求去改变，可是如果这些改变让我的闺密和最好的朋友离开我，那我宁愿不要改变，不要当公主。”

我的话音落下后，房间里弥漫起诡异的沉默。

佑赫哥有些惊讶地看着我，而亚伦的目光变得无比深沉。

我冷冷地哼了一声：“别忘了，现在是你们求我坐上这个位置，不是我主动要求的！”

“林晓琳！”亚伦的眉头紧锁了起来，垂在身侧的手紧紧握成了拳，青筋暴起，他似乎在努力隐忍着什么，他那双幽深的眸子里闪烁着说不出的复杂光芒，脸上全是怒色，却并没有发作，只是加重语气说，“这是你的责任！”

“责任？”这句话再次戳中了我心中的痛楚，我怒视着他，“你跟我提责任？当初我和妈妈相依为命、流离失所的时候，你怎么没有拯救我们于水火之中，然后告诉我这是你们的责任？别再提这两个字了，简直是嘲讽。你知道吗？我以前做梦都希望自己变成公主，这样就不会只能眼睁睁看着妈妈为了生活发愁而无能为力。但是现在我后悔了，我宁愿去过以前那样清贫的生活，也不愿意看到你们大义凛然说着责任的时候那丑陋的嘴脸。你以为我林晓琳没钱没势就能任由你们摆布吗？要不是你……要不是因为你，我何必忍耐那么久。”

“因为他？”一直没有说话的佑赫哥突然开口，语气里带着一丝惊讶。

我的目光再次落在了他的身上，却见他睁大了眼睛看着我。从他漆黑的眸子里，我能看见自己现在一脸泪水的狼狈模样。

佑赫哥的下一句话紧接着便脱口而出，语气稍稍有些激动，连同看我的目光也变得有些异样："晓琳，你刚才拒绝我，难道是因为你……喜欢他？"

我和亚伦都怔住了。他却比我更快地反应了过来，那双漂亮的眼睛紧紧地盯着我，手用力握住了我的肩头，声音有些颤抖："刚才我不在的时候，你们究竟在讨论什么？"

"啊……放手，很疼！"我只感觉肩膀生疼，疼得我掉下了眼泪。

他却仿佛听不到我喊痛的声音，握得更紧了。

就在我拼命挣扎想要逃离他的"魔爪"的时候，一个微小却又刺耳的声音传来。

"咔嚓——"

亚伦猛地放开我，转身往屋子外面望去。

外面是一片郁郁葱葱的树林，如同森林一般，将一切都挡住，我们什么都看不到。但是从前几次的经历来看，发生了什么，我们都心知肚明——该死的狗仔队真是无处不在！

亚伦愤怒地一拳击中门板。

我看着亚伦暴躁的举动，只感觉自己一直绷紧的身体忽然之间软了下来。双腿一弯，我无助地蹲在了地上。

我和佑赫哥被偷拍传出去的绯闻都能有这么大的反响，那现在……岂不是会造成轰动，一发不可收拾？

我抬起头望着亚伦的背影。

他没有再回头看我，而是偏头看了一眼佑赫哥，用依然冷漠的声音说道："这里没你的事，也不欢迎你，你走吧。"说完，他径直离开了，身影很快就消失在门外。

“晓琳，我是不是做错了什么……”佑赫哥为难地回头看了我一眼，眼里全是愧疚。

我看向他，勉强挤出一丝笑容，想要假装坚强，却发现自己就连逞强说出来的话都那么无力：“没事，你走吧，我想一个人静静。”

他仍旧盯着我，没有任何动作。

我狼狈地抓了抓头发，用手撑着地面踉踉跄跄地站了起来，对他说：“都跟你说了我没事了，你快回去上课吧。”

“那好吧，如果有什么事，记得打电话给我。”他总算妥协了，有些不放心地看了我一眼才走出了古堡。

直到看不到他的背影了，我才跑过去把门关了起来，随即整个人瘫坐在了门边，无助地将头埋在了双膝间。

2.

“据知情人士爆料，圣洛瑞戈王国未来继承人，也就是最近不知道从哪里冒出来的林晓琳公主殿下到处招蜂引蝶，勾三搭四，甚至与亚伦殿下暧昧不清……”

上午，我从古堡逃也似的回到了家里。果然好事不出门，坏事传千里，刚打开电视机，我就看到了这样的新闻。

我拿着遥控器茫然地坐在沙发上，看着电视里面那张被偷拍的照片被不断地放大。

亚伦和我的脸清晰地出现在屏幕上，他的双手握着我的肩膀，脸上是激动的表情。而我因为疼痛皱起了眉头，神情十分痛苦。

照片下面配上了丰富的描述以及猜测的话语。

这个时候，我该庆幸妈妈撇下我去外地旅游，一时半会儿回不来吧！不然，她会跟我一样头痛的。

“……二选一的痛苦，还是劈腿被发现的难堪……”

播报新闻的女声此刻让我几乎抓狂。

我呆呆地盯着电视屏幕，心沉入了谷底。

亚伦追出去就是为了阻止这则新闻被报道出来，可惜还是晚了一步。

我苦恼得在沙发上缩成了一团，只觉得心里空荡荡的。

怎么办……

我到底该怎么办？

我深吸了一口气，脑海里浮现出了亚伦的脸。

我拿起放在一旁的手机，从联系人列表里找到了亚伦的电话号码，怔怔地看了许久却不敢拨打。

我打电话给他要说些什么呢？能说些什么呢？

发生了这样的事情，他一定对我失望透顶，怎么可能好好听我说话？他一定会狠狠数落我吧……

还是算了吧！

就在我刚准备将手机扔到一旁的时候，手机铃声却响了起来，屏幕上也弹出了亚伦的名字和一张我从网上下载下来作为他头像的照片。

我迟疑着接通电话，把手机放到耳边，只觉得喉咙无比干涩，半天才挤出一句干巴巴的话："昨天没来得及跟你打招呼，我先自己回家了。"

"我知道。"亚伦的声音听上去无比疲倦。

我垂下了眼帘，自责道："我没想到事情会变得这么严重，这一切都是我的错。"

"其实这些事情不能全怪你，可能是我把你逼得太紧了，我自己都没有发觉。这段时间给你的压力太大了。你好好休息吧，我先挂了。"

亚伦头一次用这么温和的语气对我说话，声音轻柔无比，就像是在安慰小孩子一样，让我有些恍惚。

我的心都快被他的声音融化了，整个人蜷缩在沙发里，举着手机陷入了失神状态。

我愣了许久才把手机放进上衣口袋里，起身拿起外套胡乱穿上。

总有一种时间过去了很久的感觉，可是一看墙上的钟，我才发现不过刚到中午而已。

流言传得飞快，早上发生的事，到现在已经被传得沸沸扬扬。

穿好外套后，我想出门找个地方去透透气，谁知道刚推开门，早就等在门外的记者立刻将我包围在了中间。

话筒从四面八方朝我伸了过来，大家推推挤挤，都想抢一个好位置，丝毫不在意我的感受，差点就把我重新挤回了屋子里。甚至还有些因为来得太晚抢不到位置的人在人群后面乱蹦着，希望能找个缝隙将话筒伸进来。

我下意识地想要躲避，他们却眼疾手快地直接迈步挤在了我和门之间，让我不得不松开了握住门把的手。

我不禁往后退了几步。

可是我越退，他们越靠前，每个人都兴奋不已，眼冒红光。

“林晓琳小姐，请问你对现在正在播报的绯闻有什么解释呢？”

“林晓琳小姐，你真的同时在与两位男士交往吗？”

“林晓琳小姐，你和亚伦殿下的关系到底该怎样定位？”

“林晓琳小姐……”

叽叽喳喳比麻雀还要吵闹的声音在我耳边响起，全是让我觉得无比不堪的问题，我忍不住皱起了眉头。立刻，记者们纷纷举起了相机对着我“咔嚓咔嚓”猛拍起来，完全没有顾忌。

我的表情又一次僵硬了。

上一次面对这样的媒体轰炸是什么时候？

我努力地回想着。好像是身份曝光的那一次，在学校门口，被一群记者包围着，我半句话都说不出口直接就逃走了。那时候亚伦还悉心教导我作为一个公主，应该习惯媒体的目光。

我也以为自己能够习惯了，能够坦然面对，应付自如了，可是到了今天，我依旧一句话都说不出来。

我微微张了张嘴，又重新闭上了。

这种感觉实在是太难受了，就像是想要逃避却无能为力。

我的目光从面前那一张张陌生而平凡的脸上掠过，只觉得脑袋晕晕乎乎的，整个人摇摇欲坠。

“林晓琳小姐……”

“啊——”

就在他们再次开始新一轮提问轰炸时，我抱头痛苦地尖叫了一声，奋力朝人群外冲去。

他们大概没有预料到我会有这样的举动，本来围得密不透风的人群被我这么一冲，直接散开了。

我迅速冲了出去。

这个时候我已经完全顾不上形象问题了，只想赶紧逃离这个地狱一般的地方。

我使出吃奶的力气，拔腿狂奔。

等到记者们反应过来要追的时候，我早就已经跑过了街角。

我一直不敢回头，一口气跑了很久才停了下来。不知不觉中，我已经从家里跑到了学校附近。

街道两旁是各种各样的小吃店，店里冒着热腾腾的雾气，朦胧一片。

我这才意识到自己一直没吃东西，肚子早就饿扁了，看到一大堆美食，肚子竟然咕噜咕噜叫了起来。

我吞了吞口水，看着周围一家家小吃店，伸手往衣兜里一掏——空空如也。

因为出门的时候太过匆忙，我没有带钱。

而现在要是掉头回去拿，不是自投罗网吗？记者们一定还堵在我家门口，等着对我进行问题轰炸。

我恋恋不舍地将目光从美食上收了回来，迈着沉重的步伐往前走着。

很快我就看到了学校大门。

校门是敞开的，可以自由通行。

我躲在学校外面不远处的一棵树下看了许久，确定没有记者以后才猫着身子跟着人群钻了进去。

我快速从最近的通道进了教学楼，找到教室，从后门溜进去，在自己的位子上坐了下来。

正是午休时分，同学们都去玩了，教室里只有寥寥几个“学霸”在做题，没人注意到我。

鬼使神差地，我往抽屉里望了望，发现昨天早上美琪给我的蛋糕正安安静静地躺在那里。

看着包装精美的蛋糕，我的眼睛一酸，湿润了起来。

我伸手小心翼翼地将装着蛋糕的纸盒捧出来放在桌子上，双手有些颤抖地将纸盒轻轻地打开。

明明很饿，在看到蛋糕的那一瞬间，我却发现自己一点儿都不想动它。

现在我的生活一片混乱，周围的人都对我虚情假意，唯一的朋友也远离了我，只剩下这个蛋糕能让我找到一丝安慰。

我目不转睛地盯着蛋糕，蛋糕上躺着半颗草莓，十分可爱。

脑海里像倒带一样不断回放着以前的画面。

每天早上，我都会睡到快迟到的时候才起来，然后匆匆忙忙抓起面包跑出去和美琪碰头，迟到了会被教导主任抓住一起罚站。

那个时候日子很充实，也许经常会被李敏英嘲讽，但是偶尔我和美琪也会奋起反抗。

那时候我会做公主梦，幻想着一些不切实际的东西，还会躲在球场边偷看金恩宇打球。在认识亚伦之前，金恩宇一直是我心目中这个世界上最完美的男生。

可是现在——

似乎我以前觉得不可思议的事情全都实现了，我变成了公主，有一大群人谄媚地围上来讨好巴结我，就连金恩宇这样的校园风云人物都费尽心思想接近我……

我却感觉一切都跟我想象中的不一样。

生活就这样变得让我彻底不认识了。

尤其是……

我的脑海里再次浮现出昨天美琪看我的目光，那目光充满淡淡的哀怨以及浓浓的排斥，让我无法释怀。

我咬了咬牙想让自己想一些开心的事情，却发现她的眼神在我脑海里不断浮现，挥之不去，让我无比难受。

“唉……”我哀叹了一声，痛苦地抱着头，将头埋了下去，想要以此来缓解自己的痛苦。

突然，安静的教室里响起一个诧异的女声：“那不是林晓琳吗？”

那声音让我一惊，我蓦地抬头朝声音传来的方向望了过去，却发现教室里不知道什么时候走进来几个人，他们全都用看妖怪一样的眼神看着我，在我抬起头以后还毫无顾忌地讨论着什么。

而刚才说话的人正是李敏英。

她扎着一个马尾辫，双手随意地环抱在胸前，趾高气扬地抬起下巴看着我。

似乎从上次被我戳破真面目之后，她就不在乎巴不巴结我了。

我默默地看了他们几秒，并不准备和他们废话，起身扭头就准备从后门离开，略带嘲讽的声音却在我转身的那一刻再次响了起来："我们的公主殿下怎么跑得那么快呢，是做了什么见不得人的事情吗？"

那声音如同一根刺一样，狠狠地扎中了我心脏最柔软的地方。我回头冷漠地看了她一眼，抿了抿唇："多管闲事。"

在我春风得意的时候就一个劲地来巴结，而在这种时候就落井下石，真不知道这些人的心到底是怎么长的，如此歹毒。

"这怎么能算多管闲事呢？我们只是关心一下国家大事。"她一点儿也不介意我的态度，还露出了妩媚的笑容，"像你这样私生活这么混乱的人，真的能管理好一个国家吗？啧啧，那岂不是随便什么人都可以当国王了，还需要那么麻烦做什么？"

"说够了没有？"我不耐烦地打断了她的话，"你爱怎么想随便你，流言也就是拿来娱乐你们这些大脑空洞、天天只知道管闲事的人而已。"

今天不知道是怎么了，她越是嘲讽，我的心反而越平静。扔下这句话后，我毫不犹豫地转身走了出去。

3.

出了教室后，一种如释重负的感觉从心底油然而生。

大部分人此时已经吃完午饭，在往回走，走廊上也有一些人了。

看来学校也没有我想象中那么平静，虽然没有记者，却有一群不安分的非要来找事的人。

我快速离开教学楼出了学校，突然之间不知道该去哪里。

天大地大，竟然没有我可以容身的地方。

我迷茫地走在大街上，高楼上的LED屏幕都在播放我的“绯闻”，来来回回都是那两张照片，好像非要闹得全世界每一个人都知道才肯罢休。

我已经完全不知道现在的自己还能做什么了，只能从衣兜里掏出手机，拨通了亚伦的电话，电话里却传来一个僵硬的女声：“对不起，您拨打的电话已关机。”

我握住手机的手无力地垂了下来，抬起头望着天空，把已经快要溢出来的眼泪憋了回去。

如果连亚伦都放弃我了，现在的我还有谁可以依靠？

家不能回，学校也不能去，从古堡出来以后，注定那也是我回不去的地方了。难道我要像个游魂一样在大街上游荡？

算了，逃避不是办法，该面对的总是要面对。

我深吸一口气，转身往家的方向走去，到家门口的时候却发现之前堵在门口的记者不知为什么已经全部离开了。我把自己锁在屋子里，不死心地又给亚伦打了一个电话。

还是关机状态。

明明窗帘是拉开的，明媚的阳光照射进来，我却觉得自己的世界只剩下黑暗。

不知道什么时候睡着的，等我醒来的时候已经是晚上了。外面漆黑一片，天空中竟没有一颗星星。正对着窗户的那盏路灯不知道是坏了还是什么原因，没有亮。

我揉了揉乱七八糟的头发，从床上坐了起来，下意识地拿起手机想看看亚伦有没有打来电话。

没有。

没有短信。

没有未接来电。

什么都没有。

手机快没电了，在我拿起来的那一刻屏幕上正好弹出“电量不足”的提示。

我失望地将手机重新放在一旁，倒头继续躺回床上，蜷缩成一团，睁大眼睛发呆。

手机屏幕暗下去后，唯一的光源也消失了，周围一片漆黑。午夜十分寂静，静到我能够听到心脏“扑通扑通”跳动的声音，那么有力，有力地证明我还活在这个世上。

可是为什么我觉得这么难受呢，难受得仿佛快要死掉了。

我只不过眨了眨眼睛，睫毛就沾上了泪水，眼睛里也渐渐蒙上一层朦胧的雾气，让视线变得模糊起来。

是因为从来没有像今天一样联系不到亚伦，还是因为……我真的像佑赫哥说的那样，喜欢上了亚伦？

不不不，怎么可能！就算他长得再帅再完美，是全世界所有女人眼里的黄金单身汉，我也不能喜欢他。

我一想到今天新闻报道里刺耳的字眼，便感觉自己快要窒息了。

如果我没有出现该多好，亚伦这么优秀完全可以胜任圣洛瑞戈国王之位。他做事有条理，头脑清晰，而不是像我一样只会推卸责任，把一切都弄得一团糟。

如果不是我……

我痛苦地将被子拉过头顶，把整个身体都裹了进去。

算了，林晓琳，你就承认吧，你就是喜欢上了不该喜欢的人。

呵，真是讽刺！

心里有千千万万个声音在不断地回响，似乎不把我折磨到疯掉就不甘心一般。

就在这个时候，门把转动的声音在空旷的屋子里响起，显得尤其突兀。外面的人在扭动门把后发现门被反锁，顿了一秒，轻轻敲了敲门。

随后，妈妈无奈而温柔的声音在静谧的夜里响了起来：“晓琳，快开门，妈妈知道你出事立马就回来了！快开门，妈妈有话要跟你说！”

我胡乱抹了抹泪水掀开被子从床上爬了起来，跌跌撞撞地跑过去打开门，却见妈妈风尘仆仆，一脸疲惫与焦急，头发也微微有些凌乱。她一定是非常担心我，才连夜赶了回来。

我连忙侧身让她进屋，手忙脚乱地回到床边打开台灯。

灯一开，温暖的光芒倾泻而出，将屋子里照得暖洋洋的。

妈妈在床沿坐了下来，目光深沉地望着我，许久才轻叹了一口气，说道：“有件事情我想了很久，还是觉得一定要告诉你。虽然我不是很确定，但是我觉得我应该没有弄错。”

我在她旁边坐了下来，有些懵懂地回应道：“嗯？”

“今天的新闻我看了，你和亚伦的事情我也知道了。当初我和你爸爸认识的时候，你爸爸曾经跟我说过，他母亲在生下他以后便去世了。而圣洛瑞戈的老国王是一个很专情的人，直到去世都没有再婚。所以当时亚伦过来的时候我也很纳闷，什么时候你多了一个叔叔。”

“什么？”她的话让我骤然睁大了眼睛，不敢相信地惊呼道，“你的意思是……亚伦不是我的亲叔叔？”

“是的。”她点点头。

妈妈肯定的表情让我心里陡然生出巨大的欢喜，就差手舞足蹈，喜极而泣了。

但是，这个消息是真的吗？

对了，这么重大的事情网上一定能查到！

我从床上一跃而起直奔电脑，开机后便迫不及待地搜索起来。

果然，网络上出现了许多有关亚伦身世的帖子。帖子里提及，亚伦殿下并非老国王之子，而是深受老国王器重的故人之子，他跟林晓琳——也就是我，并无血缘关系。

也就是说，之前媒体报道的那些负面消息，那些不正当关系的前提都不存在了。

可这些有理有据，能充分说服大家的消息到底是谁传播出来的呢？

会不会是亚伦？他不想别人那样曲解污蔑我和他之间的关系，所以不惜曝光自己的身份？

这么想着，我突然感觉自己紧绷的心弦放松了不少。

不管怎样，亚伦并没有放弃我，而是在用他自己的方式保护我。

感受到我的心情瞬间变好了，妈妈欣慰地笑了，留下一句“早点睡觉，我先回房了”后，就轻手轻脚地离开了我的卧室，顺便帮我带上了门。

第二天清晨，早间新闻联播还在不断重复报道昨天的事情，让人感到厌烦。

我好不容易轻松起来的心情再一次被破坏了。

昨晚我过于消沉，手机快没电了也忘记充电，今天早上起来才发现手机完全没电了，开机都开不了，我只好把手机放回卧室里充电，人又重新坐回客厅里的电视机前。

亚伦就像是人间蒸发了一样，不仅没有给我任何信息，就连电视上也看不到他的踪影。

我明明安静地坐在沙发上，却早已心急如焚，浑身不自在。

正当我快要抓狂的时候，敲门声打破了我的胡思乱想。

我像受到惊吓一般蓦地从沙发上跳起来，伸手理了理自己乱糟糟的头发，大步跑到门边拉开了门。

没想到，门外竟然是贝伦夫人。她穿着一件米色洋装，戴着一顶遮阳帽，帽子上点缀着一朵浅蓝色的花。

此刻，她刻板的脸上多了一抹急迫的神情："公主殿下，我有事要跟您说。"

我立刻侧过身让她进了屋，然后反手关上门："我们去客厅里坐下慢慢谈吧。"

"不用了，我还有别的事情要处理，说完就走。"大概是来的时候太匆忙，她说话的时候气息十分不平稳，"关于亚伦的身世，我想我有必要告诉您……"说到这里，她停顿下来。

但仅仅这一句话便在我心里激起了巨大的波澜。

我想起昨天半夜妈妈特地赶回来跟我说的话，心里咯噔一下，不禁屏住呼吸继续听她娓娓道来。

"在您出现之前，亚伦一直是圣洛瑞戈王国百姓心中公认的最适合继承王位的人，而那个时候我们也以为他会顺理成章地当上国王。直到他当着媒体的面拒绝了继承王位，并且派人来寻找你的时候，我才开始考虑到他身世的问题。"她轻轻叹了一口气，遗憾地说道，"自从大王子和你母亲私奔了以后，老国王就一直很寂寞。后来，老国王从小很要好的一位朋友一家遭遇意外，只留下亚伦，老国王便把亚伦接进了王宫。亚伦的天资很不错，也十分讨人喜欢，一直以来被老国王当作继承人培养。可是亚伦并不愿意继承王位，他只想帮助真正的继承人好好守护自己的国家。”

听贝伦夫人这样一说，我的心不禁微微刺痛了一下。如果现在亚伦在我面前，我想我可能会忍不住抱住他吧。

可是，现在他在哪里呢？

我如同被火烧了一样地烦躁，抬起头目光复杂地望着贝伦夫人。

她一眼就看出了我脸色不对劲，伸手轻轻拍了拍我的肩，鼓励道：“总之，亚伦殿下现在将圣洛瑞戈王国全部希望都寄托在您的身上，公主殿下，您一定不要让他失望。”

“不会的！”我郑重地点了点头。

“那我先走了。”见我点头，贝伦夫人刻板的脸上微微绽放出一个笑容，她转身推门走了出去。

直到门关上好一会儿，我才回过神来，轻轻拍了拍有些发烫的脸颊，转身着魔般往卧室里跑去。

我扑到床上拿起手机按下开机键。

开机的时间显得格外漫长，我等得心急如焚。

手机好不容易启动，我从最近联系人里找到亚伦的电话号码，鼓起勇气按下了拨通键。

这一次，电话里没有再传来那个让人厌烦的机械女声，而是等待接听的提示音。

我安静地趴在床上等待着，过了很久很久，久到我以为不会有人接听的时候，提示音突然消失了，取而代之的是一个疲倦却让人感到心安的动听男声：

“喂？”

“你现在在哪里？”一听到亚伦的声音，我把原本想要说的话全部忘得一干二净，只觉得眼眶一湿，声音也不自觉地带上了哽咽，“为什么昨天给你打电话一直都是关机状态？”

“回国处理了一些事情，昨天晚上在飞机上，所以关机了。”他低沉的声音带着让人着迷的磁性，让人不自觉地沉沦。

他简短的一句话让我心中的阴霾全部消散了。

他昨天一定是事情还没处理完就从圣洛瑞戈王国赶回来了，连轴转一定疲累不堪。

这样想着，我心里更加愧疚了，轻垂眼帘喃喃道：“那你先忙，我不打扰你了。”

“嗯。”他应了一声，又补充了一句，“关于那些绯闻，你不用担心，我想到办法解决了。”说完，他便挂断了电话。

我拿着手机愣了几秒，才将手机放回床头，然后翻身坐起，大口大口地呼吸着。

就在这个时候，门铃再一次响了起来。

我从床上跳起来，鞋子都来不及穿就往房间外跑去。才跑到门口，妈妈已经先我一步打开了门，两张熟悉的脸出现在我的面前。

率先进来的是佑赫哥。看到我，他脸上多了一抹浓浓的歉意，轻声开口喊出我的名字：“晓琳。”

紧接着，美琪也轻轻叫了我一声：“晓琳。”

我本来就发酸的眼眶更加湿润了，双肩忍不住微微颤抖了起来。

她抬起头望着我，冲着我微微一笑，看我的眼神是那么温暖，似乎又回到了以前我们一起嬉笑打闹的时候。

“美琪……”我靠在门边，有些颤抖地开口，“我以为你不会再来找我了……”

“怎么会呢？我们是好朋友！”她快步走了过来，伸出手拉起我垂在身侧的手，认认真真地看着我，“朋友之间吵架，不是隔天就和好了吗？之前我不懂你的痛苦，以为你成为公主以后就变得和以前不一样了，却忽略了你要承受的那些压力。现在我总算想明白了，不管你是什么样子，你永远都是林晓琳，是我尹美琪的好朋友。不管别人怎么看，我和我哥早就认定你是圣洛瑞戈王国的公主了！”

佑赫哥也走了过来，伸出手放在我们两人的手上面，大而厚实的手掌将我们的手都包裹在里面，让人心生无限安全感：“说得没错，在我们心里，你就是公主，没有人可以取代，也不是那些流言蜚语可以毁灭的！”

我感动地抬起头望着他们。

此时此刻，什么都不重要了，朋友就是我最坚强的后盾，有了他们，我什么都不怕！

我忽然感觉自己就像重获新生一样有活力，整个人勇气倍增，精神十足。

我林晓琳，能行！

尾声

EPILOGUE

圣洛瑞戈王国新闻发布会现场。

这是一个宽敞明亮的礼堂，天花板上悬挂着缀着流苏的水晶灯，下面铺着一张巨大的红地毯，地毯上面整齐地摆放着一张张椅子。

发布会还没有开始，礼堂外面闹哄哄的，围满了拿着邀请函准备往里面挤的记者。而里面，工作人员正在演讲台上调试音响设备，时不时发出嘈杂的声音。

我躲在帷幕后偷偷往礼堂里面望着。

我所处的地方是这个礼堂的休息室。

亚伦这次召开发布会完全没有提前通知我，那天贝伦夫人来我家告诉我亚伦的身世秘密后又匆忙离开也是为了发布会的事情。

但没想到的是，她又突然折返了回来，将这件事情告诉了我，让我觉得很愧疚。本来就是我引起的麻烦，却让亚伦一个人来承担，我办不到。而贝伦夫人也觉得，这次的流言需要由我出面来解释才能收到最佳效果，所以便偷偷和我商量让我做好演讲的准备。

所以今天一大早，Meg便给我进行了精心打扮——头发高高盘起，上面别着一个镶着蓝宝石的皇冠发卡；身上穿着一件纯白的抹胸裙，裙子下半部分是轻盈的薄纱；脚上穿着一双细跟的高跟凉鞋，脚踝上戴着一条晶莹剔透的水晶脚链。

休息室位置比较隐蔽，就算我把帷幕偷偷拉开一些也不会被外面的人发现。我就这样猫着身子偷偷摸摸地把外面的情况看了一遍，刚才还乱哄哄的记者在工作人员的协调后，已经变得有秩序起来。

记者和国家官员依次坐在了座位上后，灯光聚集在了演讲台上那个身影上。亚伦今天穿着一套白色的西装，头发梳理得十分整齐，嘴角噙着一丝礼貌的笑。

他微笑着望着下面，那双蓝色的眸子亮亮的。

工作人员帮他调整好话筒后便退了下去。

他微微张口，磁性无比的声音在礼堂里响了起来："感谢大家在百忙之中抽时间来参加这次新闻发布会。这次我召集大家来是有事情想要宣布。"

说到这里，他顿了顿。

"我对圣洛瑞戈王国有深厚的感情，我很想好好守护它，但我毕竟不是这个国家真正的继承人。圣洛瑞戈王国需要血缘正统的继承人，我代管了这么长时间，也该将国家还给它真正的主人了。我会尽快辞去圣洛瑞戈的一切职务，离开这里。希望以后大家能对新上任的林晓琳公主殿下多多爱护和帮助。"

他的声音里多了一丝浓浓的不舍和沉痛，让躲在后面偷听的我心一沉。

他深吸了一口气，继续说道："至于那些流言蜚语，我觉得没有必要做过多的解释，等我离开以后一切都将真相大白。好了，我要说的就这些……"

"等等！"不知道是从哪里冒出来的勇气，亚伦的话还没说完我便拉开帷幕走了出去，冲着他大喊了一声。

刹那间，整个礼堂里的人都齐刷刷地转过头来望着我。还在演讲的亚伦也愣住了，目光落在我身上，声音戛然而止。

成为瞩目的焦点让我感觉浑身上下都有些不舒服，但是既然已经出来了，开弓没有回头箭，我只好硬着头皮大步往演讲台上走去，每走一步，心就跳得更快了一些，仿佛要从胸腔里面蹦出来一般，呼吸也变得紊乱起来。

而我的目光一直锁定在亚伦身上。

他也正望着我，眼里的神色从诧异慢慢地变成了鼓励。相信他已经推断出我为什么会出现在发布会上了，尽管他什么都没有说，但是脸上的表情让我慢慢安心了下来。

在我走上演讲台以后，他稍稍往后退了一步，将话筒旁的位置让给了我。

我往话筒前一站，望着下面黑压压的一片人群，深吸了一口气。

萝卜，下面都是萝卜！

这么想着，我扬起大大的笑容，将脑海里早就演练了无数遍的话说了出来："大家好，我是圣洛瑞戈王国的王位继承人，林晓琳。今天应该算是我第一次在这种公开场合如此正式地和大家见面。我知道现在你们中间有很多人对于我是否有能力管理好国家存有质疑，但是我可以明确地告诉你们，我，林晓琳，没有问题！

"或许以前我只是一个普通学生，但是在得知自己身份的那一刻起，我便已经开始努力改变。这种改变可能不是一两天就能有明显效果的，但是我相信那些以前就认识我的人已经在我身上感受到了明显的变化。

"管理一个国家并不是件容易的事情，最重要的是处理好外交关系，协调好内部矛盾。一个管理者可以做到的只是一部分，更多的需要大家齐心协力一起来完成。所以在座的各位都是圣洛瑞戈王国缺一不可的左右手，都是国家繁荣昌盛的主力，国家需要你们共同来发展。"

头一次脱稿演讲，又是这种大场面，我竟然没有颤抖地从头到尾将所有话全部说了出来。说完以后，我的心忍不住颤了一下，却还是面不改色地朝大家鞠了个躬。

下面响起了热烈的掌声。

我只感觉手心渗出了细密的汗珠，喉咙竟有些干涩。我偷偷抿了抿唇，再抬头的时候又恢复了甜美的微笑。

而掌声也恰好在我直起身的时候停了下来。我转过头看了一眼站在我左后侧的亚伦，冲着他眨了眨眼睛，接着以略带幽默的语气开口："既然亚伦已经打算辞去所有职务，那我也得快一点儿继位了，你们看现在怎么样？"

大家都愣住了。

完全不打算给他们反应的时间，我立刻继续说道："成为女王后，我有一个算是比较自私的愿望，当然我也不打算用强迫的手段……"

我再次吸了口气，直接转过身面相亚伦，在他微微震惊的目光下大声开口当着所有人的面问道："亚伦殿下，请问你愿意娶我，并且帮助我一起治理圣洛瑞戈王国吗？"

我的话音刚落，记者们顿时轰动起来，照相机"咔嚓咔嚓"的声音接二连三地响起，闪光灯也不停闪烁。

“相信大家现在也知道了，我跟亚伦殿下并无任何血缘关系，所以我想坦然追求我的真爱，大家不会再反对了吧？”我朝台下扫视一圈后，目光重新落回亚伦的身上。

我深吸了一口气，才缓缓开口：“在我成为公主的道路上，是你一直给予我帮助和鼓励。所以，亚伦，希望我以后的人生里，能继续拥有你的爱护和支持！”

说完这句话，我屏住了呼吸，满怀希冀地望着亚伦。

他美如星空的蓝色眸子不再似刚才那般平静，而是多了一丝波澜，轻轻荡漾着。薄唇轻轻抿了抿，唇角向上扬起一个小小的弧度。

这便是我喜欢的人，让我为之着迷的人。

我望着他，不放过他脸上的任何表情，看到他在听见我的话以后流露出的那抹浅浅的诧异，以及白皙干净的脸上浮现出的那抹红晕，我的脸也不自觉地发烫。

下面又开始混乱了起来，比起刚才有过之而无不及，就连工作人员出动也无法阻止这一切。那些平时看上去严肃无比、一丝不苟的官员交头接耳，议论纷纷，个个一脸八卦的表情。

记者们也坐不住了，拿着话筒挤了过来。

这种混乱却和我们完全无关。

亚伦默默地凝视我良久，然后朝我伸出了双臂，毫不在意其他人的目光直接将我搂进了怀里，在我耳边呢喃道：“这种告白的事情应该留给男生来做啊。”

心“怦怦”地跳动着，我有些忐忑地问道：“那，那你的答案是——”

“我愿意。”

清脆动听的声音传入我的耳里、心底。

短短三个字，如同阳光一样温暖了我的心房。

我趴在他的怀里，伸手紧紧搂住了他的腰，贪婪地呼吸着他身上清新的味道，享受着这种无比幸福的感觉。

千香引
十四郎 著
梦里还停留在书院修习的午间，而时光已掠过沧海桑田……
没有缠绵悱恻的深情告白，他一直没有说，她却不能懂。
十二世的轮回，始终只爱你一个……
【1】『这些年，我也很好。』
【2】『我所求者，从最开始便只有这一人。』
【3】『掬缨岛有一种花，叫十二世，你一定喜欢。』
《千香引·十二世花》——十四郎
内 容 简 介
海陨临近让各大门派人人自危：非我族类，其心必诛！黎非身世暴露，与整个中土为敌，雷修远再次挡在她身前。黄泉碧落，天雷火海，他们本是注定的天敌，也是生死相依的维系。是诅咒让我为你而来？是诅咒让我所求者唯你而已？我不相信。哪怕拼尽性命，他也只想告诉她："我爱你从来都只因为我爱你。"这可恨的人从来不问她愿意不愿意，却早已用生命织就天罗地网。他给了她两小无猜的柔情和暧昧，也给了她灭顶的伤心和绝望。她知道，哪怕历经十二世的幻觉，她也一定会十二次爱上他。而这可恨的人，失去了记忆、解开了诅咒，能否再次爱上自己？
一世一梦，此生不负。
《三千鸦杀》《琉璃美人煞》《斩春》后，
唐七公子、玄色同期大神十四郎最满意的作品
续首部《千香引·雏凤星现》热销后完美收官：
《千香引·十二世花》
即将问世！
创世中文网、腾讯、豆瓣、当当全程推荐
魅丽优品十周年恢弘巨献
扫描二维码即可免费试读

当结拜兄弟被人欺辱，当家族遭受严重危机，当心仪女子被人觊觎，当尊严已无处安放……
那么，战吧！让心底的怒火猛烈燃烧起来，把这所有的不公、不甘、不悦全都化为灰烬！
魅丽优品2014年超重磅推荐，点击破亿的惊天神话
十万忠粉翘首以盼，《吞天决Ⅲ诸神荣耀》开启热点！
吞天决 Ⅲ
《吞天决Ⅲ诸神荣耀》简介
玄黄塔内的修炼房间不足，嚣张的残月不仅常年霸占五十号房间，还羞辱了陈轩的三位结拜兄弟。为了替兄弟出气，又为了夺得修炼房间，暴怒的陈轩出手了。他能否打败核心弟子中排名第九的残月？
归家途中，陈轩并不知道家族此时正遭逢大难，更不知道这大难竟是地灵境强者的格杀令！面对前所未有的危机，陈轩能化险为夷吗？
手机阅读点击量破亿！
千万读者共同见证，一个奇迹的诞生！
一座熔炉闯天下，一把异刀震世人！
作者：铁马飞桥，纵横中文网VIP作者，2014年最传奇的玄幻大神，以零宣传作品突破一亿点击量，轰动作者圈！

最神奇的玄幻世界，最精彩的霸主传说！
2014年玄幻扛鼎巨作——《法破乾坤》王者降临！
法破乾坤
■ 绝世武尊，傲立巅峰，
■ 意外陨落，重回千年。
然而……不破不立！拥有绝世神器、惊天道诀、超前经验，三者合一，将会打造出一个怎样的绝世战神？
且看郭临如何执掌天下，
法破乾坤！
永恒Y 著

米米拉

校园爱情女王

如果再次遇见你，却丢失了当初的模样，

如果我在你的回忆里并不是我想的那样……

你，还会不会义无反顾地选择我？

米米拉首度畅谈双重人格者的旷世爱恋，

再创意外连连的爆笑喜剧：

《未来甜心馆》即将上市！

即日起，

凡购买到米米拉热销书《可爱子是机器人》

并拍照上传至新浪微博@魅丽优品

或@Merry米米拉，

即可获得魅丽优品官方淘宝店现金抵扣券1张，

抵扣券用于购买《未来甜心馆》时立减2元。

关注魅丽优品官方微信，更多精彩随时放送

重口味罗曼殿堂

第一期

亲！

欢迎光临世界级名胜、银河系九大行星认证的二次元景观——重口味罗曼殿堂！
没有重口味，小说没趣味！不走寻常路，新鲜我力推！
我是你们可爱的解说员001号！

首先，请跟我来到——“麻雀变凤凰”**校园小说**分馆！

本馆主旨——

没美貌、没财富，甚至没性格的女主角也能走上人生巅峰！

本馆样品展示——NO.17号

松小果《圣洛瑞戈公主奇缘》

平凡女汉子的华丽蜕变，现代宫廷灰姑娘破蛹成蝶的传奇。
幸运、责任？友情、亲情？眼泪、欢笑？这是21世纪最励志的平民公主奋斗记！

内容简介：

性格粗枝大叶的女汉子林晓琳没有想到，有一天她竟然会成为真正的公主殿下！而且还是圣洛瑞戈王国第一顺位继承人，将要担负起一国之主的重任！人气超高的美貌王储对她百般挑剔，为了让她成为合格的公主，不惜安排魔鬼特训！

平民生活天翻地覆，校园里最不起眼的小角色突然成为全校最受欢迎的人气女生，就连傲慢的校花校草都赶上来讨好！媒体竞相追逐，闪光灯处处潜伏闪烁！

但是，为什么成为公主后的烦恼比从前更多呢？朋友和青梅竹马慢慢疏远自己，一举一动都被八卦记者窥视，就连那个严格要求自己的王储态度也越来越奇怪！

原来，天降的公主桂冠，不仅代表着幸运，更重要的是要学会承担责任！

平凡女汉子蜕变成为勇敢自信的公主，成就绮丽的传奇！

本馆样品展示——NO.19号

巧乐吱《你好，多莱蒙》

穿越千年的时光，比“哆啦A梦”还神奇的美少年突然降临！
人生逆转，最平凡的女生华丽逆袭，高傲“白富美”大跌眼镜！
魅力加分，最土气的女生也能轻松俘获高高在上的校草！

内容简介：

“吃了这颗药丸，你就可以变成超级大美女！”

“戴上这枚胸针，你就会比那些大明星更有魅力！”

“哇！有鲨鱼，不要怕！我能让它们变成你的好朋友！”

外号“忍者神龟”的平凡少女任筱筱，原本一直过着暗淡无光、被人欺负、被男神无视的生活，不料来自未来的美少年多莱蒙从天而降，让她的人生有了天翻地覆的改变！

当然这个家伙帮助她是有条件的啦，就是她必须成为他的观察对象，帮助他完成一份恋爱观察报告！

可是……浑蛋！他怎么不经过允许，就私自把她的恋爱对象调换了啊？

她才不要跟比她小一千岁的美少年谈恋爱呢！

绕个山路十八弯，我们来到**“笨蛋主角也有春天”爆笑校园**分馆！

本馆主旨——

笨蛋主角也有春天！看书不喝水，喝水不看书！一切笑果，责任自负！

本馆样品展示——NO.03号

艾可乐《莲华传说·风之龙》

笨蛋龙公主的人类社会历险！
对手太聪明、太帅、太冷淡、太高贵都不可怕，可怕的是——遇上笨蛋女主角整个人生都颠覆了！
龙女一笑（PS：傻笑），倾城莲华！

内容简介：

哼哼，你们这帮愚蠢的人类！不要以为有好吃的肉包子和害龙哭得稀里哗啦的偶像剧就可以迷惑龙！

我红竺大人可是龙族新一代的精英，是绝对不会忘记自己的目标——来人类世界为我伟大的恶龙祖先雪耻的！

那个勇士后人——圣永司，干吗那样望着我？别以为你长得帅我就允许你随随便便对我好！哼哼，你那炙热的目光充分说明了你对我红竺大人卑劣的算计！

啊？公主殿下居然要当我红竺大人的朋友？

才不要！我高傲的红竺大人怎么会有人类的朋友！我才不要跟你好好玩耍呢！

艾可乐倾力打造最爆笑最温暖的现代奇幻物语——“蠢萌”龙少女的人类世界历险记！

颠覆《龙与勇士》的传说，见证爱与友谊的诞生！

本馆样品展示——NO.10号

巧乐吱《露西芙蔷薇之惑》

地下室埋藏三百年的亲王神奇复活，还赖上了学院最可怕的少女！他的请求居然是：求收留！
艾利西斯学院风云突变，秘宝真红宝石下落不明，差点引发大混乱！维护和平的办法竟然是：打败他？
一场融合爆笑、秘宝、亲情和友爱的蔷薇色童话！超华丽的异族罗曼史，恭迎最可爱的“撒旦”男主角驾到！

内容简介：

少女露西芙因为迟到翻围墙被罚打扫图书馆地下室，结果不小心落入密室，发现了一个华丽的木箱，箱子里面居然躺着一个沉睡了三百年的亲王！

而且这个亲王一醒过来看到她，居然就这么缠上了她！

被封印在地下室的亲王，不是应该很凶残很暴虐吗？为什么缠上她的这个这么笨又这么可爱，让她手足无措，让她心脏不受控制地狂跳？

哎呀，等等，怎么还突然冒出一个桃花运超强的剑道社社长对她告白？坐个电梯，也能撞到一个带着笑容的长发美男？

身手高强、心如铁石的露西芙，好像终于迎来人生的春天了！

还有**最邪魅狂霸男友**馆、**最走狗屎运女主角**馆、**最让读者流鼻血**馆等等更多分馆，

期待你们光临！

她们都是神秘的公主殿下！

她们都有着奇葩的悲惨身世！她们都是被王子嫌弃的少女

最神秘的假面公主！千万人中，一眼认出最真实的你——

宅小花·《假面公主天琴座》

假面公主：叶瞳瞳

另类气质：从不敢把自己的真面目示人，在舞台上是骄傲的公主，下了舞台就是平凡的路人少女。

命中注定的王子：纪裴希

属性特征：五官精致如天使，风靡万千少女的帅气大美男，视一切为浮云，心中只有“永恒的对手”天琴座公主！

内容简介：

她是自卑胆小、不敢和任何人说话的黑框眼镜丑八怪，还是万人瞩目、琴键上的天使天琴座公主？

“恐惧人群”严重患者叶瞳瞳两次撞上一个讨厌的家伙，还被他识穿了真正的身份！

哼！帅有什么用，性格这么恶劣的人也能成为学院偶像吗？什么？他就是我的对手，“金色国王”纪裴希？

俊朗优雅的暗恋对象古森川学长、阳光漂亮的金发帅哥威廉王子……哇！男神们，等等我！

苦不堪言的超级魔鬼训练、悲惨的溺水人工呼吸……纪裴希，你这家伙给我站住！

青春与成长的碰撞，爱与原谅的救赎！乌龙悬疑的甜蜜恋曲，一切都等你来揭晓！

最爆笑的骑士公主！拿起我手中的锅铲，守护唯一的王子殿下——

魔末末·《战斗吧！骑士公主》

骑士公主：玛小酱

另类气质：热情奔放的渔村少女，从小在海岛上长大，超级热爱海鲜料理，传说中的厨神公主。

命中注定的王子：夏晨茗

属性特征：洁癖严重，超完美主义的华丽大少爷，被称为“造物主的恩赐”，生平最恨海鲜！

内容简介：

莫名其妙从海滩上捡回了一个美少年？

什么？他居然还说我是传说中十恶不赦的食人族？带他回来只是储备食物过冬？

救起贵公子夏晨茗的普通打渔少女玛小酱，偷偷混上夏晨茗家的飞机，费尽心机来到向往已久的季蓝市！

贵为希亚学院的第一王子，夏晨茗居然是一个脾气差得不得了的大魔王！就算有同样身为超级帅哥的丁皓宇撑腰，玛小酱依然逃不过被嫌弃嘲笑、被尽情奴役的凄惨命运。

“魔女”的奇怪传说，来自第一美少女霍莉莉的莫名敌意……究竟要怎么样，玛小酱才能摆脱倒霉的运气，成功逆袭？

骑士公主的战斗，从现在开始！

最奇葩的花型公主！不想当公主的少女，不是好恋人——

莎乐美·《夜樱花型少女馆》

花型公主：齐布丁

另类气质：倒霉透顶的悲惨少女，最爱吃打折的平民食物和待在家里看电视。

命中注定的王子：盛辰熠

属性特征：五官英俊犹如天神，个性却超级严厉，是管家兼未婚夫大人，最大的愿望是“把齐布丁训练成公主般的淑女”！

内容简介：

史上最不幸的“花型少女”诞生了！盛樱馆的第一管家——碧利斯学院超级美少年盛辰熠，居然看中了其貌不扬的孤独少女齐布丁？他不但威胁她假扮自己的未婚妻，还利用百万债务，强迫她加入万千少女们心中的圣地“花型少女馆”，每天与美男们“亲密接触”。倒霉少女齐布丁，从此陷入暗无天日的苦难生活中！然而，这场被少女们羡慕嫉妒恨的“公主之战”的背后，到底有什么阴谋？盛辰熠的“未婚妻计划”真的能顺利实现吗？从天而降的神秘帅哥尹瑞泽，他又有什么目的？一场旷世纪“花型少女大战”即将展开！

『男神』说明书

韩在熙——猪小萌《木樱粉红馆》

【出 产 地】韩国

【性　　状】非常冷酷的美少年，说话总是冷冰冰的，听不出一丝感情。他的皮肤非常白皙，五官更是精致得如同瓷娃娃一般，让人怀疑他只是一尊雕刻家手下的塑像。

【规　　格】身高178cm，体重70kg

【功能特点】清热解毒，实属夏日消火良品。

【注意事项】此“男神”是有名的冷笑话大王，请众粉丝们准备好棉袄等御寒物品，以免被冻伤。

宫泽希——猪小萌《木樱粉红馆》

【出 产 地】中国

【性　　状】乌密的浓眉，如同一汪清泉的深邃的黑瞳；高挺的鼻梁如同太阳神阿波罗般完美俊逸；性感粉润的薄唇不时微张，露出了洁白无瑕的皓齿；小麦色的肌肤在白色的衬衫映衬下，显得格外诱人。

【规　　格】身高182cm，体重75kg

【功能特点】最强石头心脏。

【注意事项】此“男神”拥有一笑倾城，再笑倾国，三笑征服宇宙的完美外貌，可惜……冥顽不化、死不开窍，如果想要拥有他的爱，需要有“血”滴石穿的牺牲精神哦！（某编辑：被诅咒了的美少年真可怜……女主角：我更可怜好不好！）

汪财——猫小白《圣南学院男神团》

【出 产 地】中国

【性　　状】黝黑的皮肤，两只小眼睛就像是老鼠一样，贼眉鼠眼的。

【规　　格】身高175cm，体重不明

【功能特点】最不可缺少的极品“酱油王”。

【注意事项】没错，这位名字和某犬类动物极其相似的朋友因为其重要的“酱油王”身份而成功挤入“男神”行列，众位需要有相当强大的心脏，以免被他的招牌“猥琐笑容”闪瞎眼。

沐槿熙——猫小白《圣南学院男神团》

【出 产 地】地球某处

【性　　状】一头干净的金褐色碎发，白皙细腻的皮肤，精致俊美的五官，修长而魔鬼的身材，两只漆黑明亮的瞳孔在浓密的长睫毛下显得深邃而神秘，让人忍不住想要靠近。

【规　　格】身高185cm，体重76kg

【功能特点】可远观也可以近看的极品神经质美少年

【注意事项】此“男神”心机极重，小心不要被他天使般的笑容迷惑，不然被他卖了，还得笑着帮忙数钱哦！（某编辑：能够被他卖掉是多么幸福的事情啊……众人：鄙视……）

更多“男神”说明请见——

猪小萌《木樱粉红馆》&猫小白《圣南学院男神团》

新生代超人气玄幻小说作者——永恒Y
法破乾坤II
迷失幻境
■神秘诡异的幻境空间！
生死与纠缠，幻与真碰撞，诡谲神秘的迷失幻境中步步隐藏着杀机，处处埋藏着尸骨。要想脱离这个可怕的世界，唯一的方法就是不断前进，死战到底！
■诡谲狡诈的魑魅魍魉！
神秘莫测的魅族、狡诈残忍的妖族、嗜血无情的魔族……迷失幻境中充满了各种邪恶却又强大的可怕敌人。面对这些敌人，郭临能否化险为夷，一路斩妖除魔？
■怦然心动的偶然相遇！
迷失幻境之中，郭临巧遇和前世妻子一模一样的女子。这个女子和他的妻子有何关系，又为什么会出现在这迷失幻境？而他们之间又将擦出怎样绚丽动人的火花？
《法破乾坤II迷失幻境》
为了找到能够唤醒苏雪的地涌金莲，郭临勇敢的闯入了最危险的迷失幻境。在神鬼莫测的迷失幻境之中，他遇到了无数的危险和强敌。
神秘莫测的魅族、狡诈残忍的妖族、嗜血无情的魔族……这些可怕的敌人都觊觎他的血肉，企图以他为食物。而面对这些嗜血的邪魔，以及这生死真假难辨的幻境，郭临究竟该何去何从？
当他遇到和他前世妻子一模一样的女孩，怦然心动的他又该如何抉择？
永恒Y 著
九把至高神器，缔造人魔神三界传说
迷失幻境，诡异神秘，魑魅魍魉横行！
真实虚幻，生死难辨，勇夺地涌金莲！

属于我的黑夜，
因为那样一个名字变成了白天。

曾经拿性命相守的恋人，因为一个误会，渐行渐远！
再见面，也不过是最熟悉的陌生人……

那些年，每一片片雪花落下的节奏，就是他思念的频率。
好不容易盼来的相逢，却惊觉，彼此已然错过了最美好的时光。

日系校园主力作者希雅
最新力作——

《美好的美好时光》

让你看**炽恋**、**思念**、
悲恋里的痴缠纠葛，

纯白青春里的**心跳**……

填写此页并寄回魅丽优品，有机会得到指定作者亲笔回信！

填写此页并寄回魅丽优品，有机会得到指定作者亲笔回信！

读者调查表

姓名：　　　　年龄：　　　　性别：

QQ：　　　　电话：　　　　地址：

1. 你买的这本书，书名是什么？

2. 买这本书的原因是什么？（可多选）

A.喜欢的作者　B.封面和插图　C.装帧设计　D.故事简介吸引　E.被人推荐　F.赠品　G.价格

3. 对这本书满意吗？最满意哪几点？

A.语言风格　B.故事情节　C.人物角色　D.封面和插图　E.装帧设计　F.价格　G.不满意

4. 有没有在魅丽优品的淘宝店铺或魅丽商城购买过本公司的书？

A.有　B.没有　C.知道这两种渠道，但没有买过　D.不知道这两种渠道

5. 在书店容易买到魅丽优品的书吗？

A.容易，想买的书都能买到　B.不容易，很难找到　C.只能找到一部分书

6. 最喜欢看哪种类型的小说？（可多选）

A.青春校园　B.魔幻科幻　C.都市言情　D.穿越　E.悬疑恐怖　F.热门电视剧改编　G.其他

7. 平时买杂志比较多还是图书比较多？

A.杂志　B.图书

8. 以下哪种因素会成为你买杂志的首选原因？

A.内容　B.价格　C.设计风格　D.主编　E.广告　F.纸张质量　G.彩页多少

9. 以下哪种因素会成为你购买图书的首选原因？

A.内容　B.价格　C.设计风格　D.作者　E.出版社　F.其他

10. 通常通过以下哪种渠道购书？（可多选）

A.新华书店　B.大型书城　C.民营书店　D.打折书店　E.报刊亭　F.书摊　G.二手书店　H.网络商城

11. 会购买明星写真集吗？

A.从不买　B.只买自己喜欢的明星的写真集　C.看价钱，如果太贵，就算是喜欢的明星的写真也不买

D.只要是喜欢的明星，多少钱都会买

12. 你是否认为魅丽优品的图书封面字体太花了，看不清？

A.是　B.否　C.偶尔　D.你不这样认为，但听其他人反映过这个问题

13. 你会被什么样的图书促销活动吸引？

A.打折　B.签售　C.买一赠一等赠送方式　D.互动活动获奖　E.其他

14. 你是否能接受购买旧书？

A.能　B.不能

15. 你想得到哪位作者的亲笔回信？

16. 今年看过的所有魅丽优品的书，最喜欢哪一本？

填写此页并寄回魅丽优品，有机会得到指定作者亲笔回信！